LA PRISIONERA DEL JEQUE

TARA PAMMI

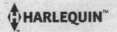

Editado por Harlequin Ibérica.
Una división de HarperCollins Ibérica, S.A.
Núñez de Balboa, 56
28001 Madrid

I.S.B.N.: 978-84-9170-127-9
Depósito legal: M-28124-2017
Impresión en CPI (Barcelona)
Fecha impresion para Argentina: 25.6.18
Distribuidor exclusivo para España: LOGISTA
Distribuidores para México: CODIPLYRSA y Despacho Flores
Distribuidores para Argentina: Interior, DGP, S.A. Alvarado 2118.
Cap. Fed./Buenos Aires y Gran Buenos Aires, VACCARO HNOS.

Capítulo 1

HABRÍA muerto? ¿Podía morir una persona tan fuerte y excepcional como Zafir? ¿Era posible que el hombre con quien había compartido dos meses de intimidad y alegría hubiera desaparecido de repente?

Lauren Hamby se llevó la mano al estómago, angustiada. Llevaba dos días así. Cuanto más miraba la bella capital de Behraat y la destrucción que había sufrido durante las recientes revueltas, más pensaba en él. La respuesta que había estado buscando se encontraba en aquellos edificios llenos de historia. Lo sentía en los huesos.

Solo tenía su nombre y su dirección, pero estaba decidida a descubrir qué había sido de aquel hombre que había llegado a ser algo más que un amante para ella.

Los suntuosos y bien cuidados jardines parecían fuera de lugar en el sombrío silencio de la ciudad. Las relucientes aguas del estanque, de bordes de mosaico, reflejaron su imagen cuando pasó entre los árboles que lo flanqueaban y el césped exquisitamente cortado, más nerviosa que nunca.

Tras subir una escalera de mármol, se encontró en un enorme y lujoso vestíbulo circular con unas macetas gigantescas donde se alzaban varias palmeras. Al verlas, Lauren no pudo evitar una sonrisa. Aquel sitio era tan bonito que adormecía parcialmente su dolor durante las horas diurnas; pero el dolor volvía de noche, implacable.

Veía a Zafir en todos los hombres altos que se cruzaban con ella, y todas las veces se acordaba del orgullo y el afecto que había en su voz cuando le enseñó una fotografía de Behraat, su ciudad natal.

–¿Vienes, Lauren?

Al oír la voz de su amigo, se giró. David había ido a Behraat para cubrir la noticia de las recientes revueltas.

–Deja de grabarme –protestó–. Dudo que mi presencia añada nada a tu reportaje.

Lauren echó un vistazo a su alrededor y avanzó hacia el mostrador de recepción. Las suelas de plástico de sus zapatos no hacían ningún ruido en el suelo de mármol. Un segundo más tarde, la puerta del ascensor se abrió y dio paso a seis hombres que llevaban la túnica tradicional del país. El más alto del grupo, que estaba de espaldas a ella, se dirigió a los demás en árabe. David los grabó con sumo interés y, justo entonces, el alto cambió de posición.

Lauren se quedó helada cuando lo vio.

Era Zafir.

No estaba muerto.

Se sintió tan aliviada que quiso correr hacia él, arrojarse a sus brazos y acariciarle la cara; tan aliviada, que habría sido capaz de hacer cualquier locura.

No había muerto. De hecho, parecía más tranquilo

y relajado que nunca. Llevaba un turbante rojo y blanco que enfatizaba la dureza de sus rasgos, y hablaba con una seguridad impresionante, como si nunca hubiera estado mejor. Pero Lauren no había tenido noticias suyas en seis semanas.

Avanzó hacia el grupo, consciente de que su camiseta de manga larga y sus pantalones anchos no encajaban precisamente con las costumbres culturales de Behraat. El hombre que estaba más cerca de ella la vio y alertó a sus compañeros, que se giraron uno a uno.

Zafir la miró a los ojos, y Lauren sintió el explosivo deseo que había dominado su relación desde el principio. Pero Zafir no parecía contento de verla. No parecía ni sorprendido. Y, desde luego, tampoco parecía que se sintiera culpable.

Lauren lo maldijo para sus adentros. Había derramado mil lágrimas por él, se había preocupado hasta la desesperación, y él se comportaba como si su desaparición no tuviera la menor importancia.

Súbitamente, aparecieron dos hombres armados que se pusieron junto a Zafir. El desconcierto de Lauren fue mayúsculo. ¿Su amante tenía guardaespaldas?

Zafir caminó avanzó lentamente. La embriagadora fuerza de su masculinidad, que ella conocía en el sentido más íntimo, la mantuvo inmóvil hasta que él se detuvo a un metro de distancia, inclinó la cabeza y dijo:

–¿Qué hace en Behraat, señorita Hamby?

Ella parpadeó.

¿Señorita Hamby? ¿Le hablaba de usted y por su apellido, como si no se conocieran? ¿Después de lo que habían compartido?

–¿Eso es todo lo que tienes que decir? –replicó,

dolida–. ¿Desapareces de repente y no se te ocurre nada más?

Los dorados ojos de Zafir brillaron un momento, pero mantuvo el aplomo.

–Señorita Hamby, si tiene alguna queja sobre mi persona, pida una cita –replicó–. Como los demás.

–¿Una cita? Me estás tomando el pelo, ¿no?

–No, en absoluto –él dio un paso adelante y la miró de un modo extraño que ella no supo interpretar–. No montes un espectáculo, Lauren.

Las palabras de Zafir la devolvieron brevemente a su infancia, cuando siempre le decían: «No montes una escena, Lauren». «No llores, Lauren». «Crece de una vez, Lauren». «Tienes que entender que el trabajo de tus padres es importante».

Sin darse cuenta de lo que hacía, alzó una mano y le pegó una bofetada que resonó en el vestíbulo como un trueno. Los guardaespaldas se acercaron rápidamente y gritaron algo en árabe que ella no entendió, pero eso no la dejó tan desconcertada como su propio comportamiento. ¿Qué había hecho?

Los largos dedos de Zafir se cerraron sobre sus brazos.

–Eres la mujer más...

Zafir no terminó la frase. Contuvo su ira y la soltó de inmediato, recuperando su indiferencia anterior.

–Déjenoslo a nosotros, Alteza –dijo uno de sus hombres.

¿Alteza?

Lauren tragó saliva, sin entender nada. Zafir dio una orden en árabe a los guardaespaldas, que retrocedieron al instante, y se dio la vuelta.

–Espera, por favor –dijo ella.

Zafir no le hizo caso; regresó al ascensor sin mirarla ni una sola vez. Lauren intentó seguirlo, pero los guardaespaldas se interpusieron en su camino y se lo impidieron.

¿En qué tipo de pesadilla se había metido? ¿Y dónde estaba David?

Aún se lo estaba preguntando cuando apareció un hombre de edad avanzada que habló con uno de los guardaespaldas.

–¿Qué está pasando aquí? –dijo ella, asustada.

El anciano la miró con frialdad.

–Que está detenida por atacar al soberano de Behraat –contestó.

Zafir Al Masood salió de la cámara del Consejo Real con cara de pocos amigos. Su enfado debía de ser evidente, porque hasta los miembros más audaces del Consejo se apartaron de su camino.

No podía creer que lo hubieran sometido a un interrogatorio tan indignante. Querían saber quién era la joven del vestíbulo. Querían saber cómo era posible que una estadounidense tuviera una relación tan familiar con él. Querían saber si tenía intención de occidentalizar Behraat y, sobre todo, si iba a traicionar a su país por una simple mujer, como el hombre que estaba en esos momentos en coma, su padre.

Frustrado, entró en el ascensor y pulsó el stop cuando se cerró la puerta. Los espejos de las paredes reflejaron su imagen, obligándolo a mirarse y a tragarse de nuevo su amargura, como había hecho durante seis años.

¿Aún creían que se parecía a su padre, el gran Rashid Al Masood, el hombre que solo lo había reconocido como hijo tras darse cuenta de que necesitaba otro heredero gracias al corrupto Tariq, su hermanastro? ¿No iban a permitir nunca que lo olvidara?

En otra época, habría dado cualquier cosa por oír que la sangre de Rashid corría por sus venas; pero las cosas habían cambiado. Ahora estaba viviendo la vida de su padre y pagando por sus errores.

Zafir maldijo al Consejo en voz alta. Si la elección del soberano de Behraat no hubiera dependido de sus miembros, Tariq no habría llegado al trono; y si alguno de ellos hubiera protestado durante su régimen, Behraat no habría terminado en una situación tan catastrófica. Por desgracia, estaban demasiado ocupados llenándose los bolsillos mientras Tariq destrozaba las relaciones diplomáticas con los países vecinos y rompía acuerdos de paz.

¿Cómo se atrevían a dudar de él después de lo que habían hecho? El origen del problema estaba en la estricta segregación tribal del país, y eso no era culpa suya, sino de su padre.

Zafir había entrado en la sala del Consejo con intención de ponerlos en su sitio. Nunca había querido que Rashid lo nombrara heredero, pero no podía dar la espalda a Behraat. Su sentido de la responsabilidad se lo impedía; un sentido de la responsabilidad que también había heredado de él. Y eso era todo. Su padre no le había dado ni amor ni motivos para sentirse orgulloso. Ni siquiera había sido capaz de hablarle de su madre.

Irritado, desbloqueó el ascensor y se bajó en la planta adonde habían llevado a Lauren. Momentos después, la estaba viendo en el monitor de seguridad de una antesala.

Zafir la deseó con todas sus fuerzas. Estaba sentada, con las manos sobre la mesa, mordiéndose el labio inferior. Se había quitado el pañuelo que llevaba en la cabeza, y su melena de color azabache le tapaba parcialmente la cara. Parecía más pálida que la última vez, y tenía unas ojeras que deslucían la belleza de sus ojos negros. Pero no había perdido la expresión desafiante.

Los guardias la habían encerrado y habían confiscado sus pertenencias. Atacar al soberano era un delito muy grave, y las pruebas que habían descubierto desde entonces no hablaban precisamente en su favor.

—Ha intentado tenderte una trampa —dijo Arif, que había sido el mejor amigo de su padre y ahora era el mejor aliado de Zafir—. Obviamente, quería aprovecharse de haber mantenido una relación contigo. Si me hubieras hablado de ella cuando volviste, habría...

—No.

Zafir se frotó la mandíbula, aún alterado por la visión de Lauren en el monitor. Había cometido el error de encariñarse con ella, pero tendría que superarlo. La corona de Behraat no dejaba sitio a las aventuras amorosas.

—¿Qué esperaba ganar, Arif?

—No estoy seguro, pero es evidente que lo habían planeado. Llegó con un amigo suyo, un periodista. Y él debía de saber que estarías aquí.

Zafir sopesó la situación. Los hombres que estaban

con él en el vestíbulo habían jurado que no dirían nada al respecto. Y, en cuanto a los miembros del Consejo, ya habían recibido la explicación pertinente.

–¿Habéis encontrado al periodista?

–No, pero lo encontraremos –replicó con incomodidad–. Si ese vídeo acaba en manos de la prensa, tendremos otra crisis nacional.

Zafir apagó el monitor para dejar de ver la tentadora imagen de Lauren. Sabía que Arif no estaba exagerando. Si los medios distribuían la grabación, el pueblo de Behraat pensaría que era otro Tariq y le retiraría su confianza. Además, el Consejo aprovecharía la situación para sabotear sus reformas.

–Muy bien, hablaré con ella –dijo, preguntándose si habría juzgado mal a la primera mujer que se había ganado su corazón–. Pero a solas.

Lauren miró la cámara que estaba en lo alto. Ardía en deseos de acercarse, pegar la cara al objetivo y gritar que la soltaran; pero su furia inicial se estaba convirtiendo en depresión, y no quiso malgastar sus fuerzas.

La sala era pequeña, de paredes blancas y suelo gris. Tenía una mesa, una silla de plástico y una ventana cegada con un panel del mismo material, cuya sordidez contrastaba vivamente con la elegancia y el refinamiento del vestíbulo donde la habían detenido dos horas antes.

Estaba absolutamente confundida. Le habían quitado la mochila, el teléfono móvil y hasta la botella de agua que llevaba encima, aunque nada le desconcertaba tanto como lo que había dicho el anciano cuando pidió explicaciones: que había atacado al soberano de Behraat. ¿Al soberano de Behraat? ¿Zafir?

El hombre que ocupaba sus pensamientos entró momentos después. Miró la cámara, cuyo piloto se había apagado y, tras cerrar la puerta, se apoyó en ella. Se había quitado la vestimenta tradicional del país, pero Lauren no lo encontró ni más familiar ni menos distante. Llevaba una camisa blanca que enfatizaba el moreno de su piel, y unos pantalones negros que enfatizaban la dureza de sus piernas; unas piernas musculosas que había sentido muchas veces cuando hacían el amor.

Zafir siempre había sido un misterio para ella; lo había sido en Nueva York y lo era ahora. Pero el de entonces la trataba con cariño, y hacía que se sintiera segura. Nadie habría dicho que fuera asequible. Nadie habría dicho que fuera un hombre fácil. Y, sin embargo, se portaba como un caballero y se reía con ella constantemente.

¿Habría sido un truco para llevarla a la cama?

Fuera como fuera, no iba a permitir que la intimidara. Se puso detrás de la silla y lo miró a los ojos.

—¿Qué haces aquí, Lauren?

—Pregúntaselo a tus esbirros —contestó ella, apoyándose en el respaldo de la silla.

Él arqueó una ceja.

—No es momento para tonterías. Dime la verdad.

—¿La verdad? ¿Quién eres tú para exigir eso a nadie? El anciano dijo que eres el soberano de Behraat. ¿Es cierto?

Zafir guardó silencio durante unos segundos interminables. Luego, se encogió de hombros como si no tuviera importancia y dijo:

—Sí.

Lauren se sintió como si la tierra se hubiera abierto bajo sus pies. Sin saberlo, había abofeteado al hombre más poderoso del país.

La boca se le quedó seca, y hasta el último de sus músculos tembló. Todas las historias que le había contado el fascinado David, todas sus anécdotas sobre Behraat y la Casa Real que lo gobernaba, invadieron su mente y difuminaron el recuerdo del Zafir de Nueva York.

—Si eres el nuevo soberano, también eres...

—Soy quien ordenó el arresto de su hermano para acceder al trono y celebró la victoria ante su lecho de muerte —la interrumpió—. Ten mucho cuidado, Lauren. Ya has cometido un error, y puede que no sea tan tolerante la próxima vez.

Capítulo 2

¿TOLERANTE? –preguntó ella, intentando mantener el aplomo–. Has ordenado que me encerraran en esta habitación.

–Si fueras otra persona, el castigo sería mucho más cruel.

–Solo te he dado una bofetada. No es para tanto.

–Me has dado una bofetada delante de varios miembros del Consejo, unos hombres convencidos de que las mujeres son seres débiles que deberían quedarse en casa.

–Eso es absurdo –dijo ella.

–Por suerte para ti, estoy de acuerdo contigo. Las mujeres son iguales que los hombres. Pueden ser tan falsas y manipuladoras como nosotros.

–Ahórrame tus insultos –replicó, indignada–. Mi paciencia está llegando a su límite.

Zafir la miró con dureza.

–Mide tus palabras, Lauren. No estamos en Nueva York. Ni yo soy un tipo normal y corriente.

–No, no lo eres –dijo en voz baja.

Lauren siempre había sabido que Zafir no era como los demás. Le había dicho que se dedicaba a la importación y exportación de productos a pequeña escala, y que estaba intentando asentar su posición en

Behraat. Su carisma, su inmenso atractivo y su metro ochenta y dos de altura despertaron fácilmente el interés de una enfermera que se había conformado con una vida sosa y aburrida por la simple y pura razón de que no implicaba riesgos.

Pero se había equivocado con él. No se dedicaba a los negocios. Era un jefe de Estado que, según la prensa, le había quitado el poder a su propio hermano. Era la personificación de todo lo que odiaba: un hombre ambicioso, poderoso y sin escrúpulos.

Súbitamente, Zafir se acercó y le puso una mano en el cuello.

—¿Lauren?

Zafir parecía preocupado, pero ella pensó que solo era un truco para ganarse su confianza.

—No finjas que te importo.

Él la apretó contra la silla y dijo:

—¿Lo sabías?

Lauren miró la cicatriz que tenía en el lado izquierdo de la cara, una cicatriz que había lamido muchas veces cuando se acostaban.

—Mírame a los ojos cuando te hablo —le ordenó.

Ella alzó la barbilla.

—¿De qué estás hablando, Zafir?

—¿Sabías que soy el soberano de Behraat? ¿Por eso me has abofeteado? ¿Para que tu amigo pudiera grabar la escena?

Lauren parpadeó.

—¿A qué demonios viene eso?

—A que tu querido David tenía una cámara, y lo ha grabado todo.

—¿Y qué? Es periodista —respondió, confundida—.

Ha estado grabando todo el día, desde que salimos a la calle.

–Sé sincera conmigo. Lo habíais planeado, ¿verdad?

Su voz sonó tan dura y amenazadora que borró los últimos restos del Zafir que Lauren había conocido.

–¿Cómo puedes pensar eso? –replicó–. ¿Tan poco me conoces?

El cálido y suave contacto de su cuello estaba empezando a horadar el equilibrio de Zafir, que se puso tenso. Cerró los ojos, intentando refrenar el impulso de asaltar su boca, y se obligó a recordar lo que había pasado seis semanas antes, la gente que había muerto en las revueltas, la destrucción causada por Tariq, la absurda carnicería.

El deseo desapareció bajo el peso de la indignación, y Zafir recuperó el control de sus emociones.

–No nos conocimos tanto, Lauren. Salvo en un sentido puramente físico.

Ella se ruborizó y dijo:

–Preferiría que no me recordaras eso.

–¿Por qué no? Es la verdad. Fui a tu hospital con Huma y, cuando ella te dijo que yo era rico, me perseguiste por todas partes para conseguir que os hiciera una donación. Me tentaste una y otra vez, y yo caí en tus redes como un tonto. Quizá, porque llevaba mucho tiempo sin acostarme con nadie –comento–. Pero solo fueron un par de meses.

Lauren no dijo nada.

–No, querida mía –continuó él–. No es cierto que

nos conozcamos. Nuestra relación fue de carácter estrictamente sexual... Y, por otra parte, siempre has tenido una relación muy amistosa con la prensa, por así decirlo. No se trata solo de tu amigo David. También estaba Alicia, y aquel abogado del que me hablaste.

–Lo dices como si fuera algo sospechoso, pero solo queríamos abrir un refugio en Queens –se defendió–. Tus tejemanejes no me interesan en absoluto, Zafir. No tengo intención de dañar tu imagen.

–Necesito ese vídeo –insistió él, frustrado–. La situación política de Behraat es muy inestable. Hasta algo tan aparentemente inocuo como un berrinche de una antigua amante se puede interpretar de formas extrañas. Mi predecesor abusó de su poder, y jugaba con las mujeres como si fueran juguetes. Tu acto mina mi credibilidad, y hace que parezca tan malo como él.

–Puede que lo seas. Tú también abusas de tu poder; por lo menos, conmigo. Y también me tratas como si fuera un juguete.

Zafir suspiró.

–Siempre te he tratado con respeto, Lauren.

–¿Respeto? –preguntó con ironía–. Si me respetaras, no me tratarías de este modo. No cuestionarías mis actos y, desde luego, no habrías desaparecido en mitad de la noche sin decir nada.

–Lo único que desapareció fue el dinero que estaba en mi mesita de noche –dijo él–. Y el tiempo que dediqué a escribir esa carta de recomendación para tus amigos.

–Vaya, ahora va a resultar que la víctima eres tú...

Lauren se zafó de él y se apoyó en la pared, sintiéndose vacía; pero Zafir la volvió a atrapar entre sus brazos, y le lanzó una mirada tan posesiva que ella se estremeció. Era evidente que lo había sacado de sus casillas.

–¿Por eso lo has hecho? ¿Porque estás enfadada conmigo y me quieres dar una lección?

–No sabes lo que dices. De hecho, no sabes nada de mí.

–Y tú no sabes lo que has hecho. ¿Qué crees que pasaría si esa grabación llegara a los medios? ¿Estás preparada para asumir las consecuencias? ¿Sabrás asumir tu responsabilidad en los disturbios que se puedan producir?

Lauren tragó saliva. El pueblo de Behraat había pasado por un verdadero infierno, y no quería formar parte de algo así. Cuanto antes aclarara la situación, antes se podría marchar.

–No creo que te deba ninguna explicación, pero te la daré de todas formas –dijo–. David no sabe lo que hubo entre tú y yo. Tu idea de que estamos confabulados es absolutamente absurda.

–¿Ah, sí? Entonces, ¿por qué ha huido? Si fuera inocente, se habría quedado y se habría interesado por tu paradero.

–Quizá se haya ido porque, por mucho que afirmes lo contrario, pareces cortado por el mismo patrón que Tariq. Me echaste encima a tus hombres, Zafir. No me extraña que saliera corriendo –declaró–. Y, por otra parte, ¿qué crees que va a hacer con ese vídeo? ¿Subirlo a YouTube?

De repente, Zafir sacó su teléfono y se lo puso en la mano.

–Llámalo. Dile que se reúna contigo en el vestíbulo y que traiga la cámara.

–¿Para qué?

–Para borrar esa grabación.

–Oh, vamos, estás sacando las cosas de quicio. Si David grabó la escena, la grabó sin querer. Nunca me haría daño. Lo conozco.

Zafir frunció el ceño.

–¿Hasta qué punto lo conoces?

–¿Qué me estás preguntando, exactamente?

–Que si lo conoces tan bien como me conoces a mí –dijo con segundas.

–¿Estás hablando en serio?

–Por supuesto que sí –contestó–. Pero, sea cual sea tu relación con él, no puedo confiar en tu criterio. Te acostaste conmigo sin saber nada de mí, y has cruzado medio mundo para encontrar a un hombre que te dejó.

Ella se odió a sí misma tanto como lo odiaba a él en ese momento. Zafir estaba aprovechando sus debilidades para poner en duda su capacidad de razonar y su buen juicio.

–Eres todo un manipulador –dijo, sacudiendo la cabeza–. Sin embargo, te he dicho la verdad. David no sabe nada de nuestra relación. Lo convencí de que me acompañara a Behraat y me acompañó, aunque ni siquiera conoce el motivo de mi viaje.

–¿Y cuál es?

–¿Es que no es obvio?

–No, en absoluto. ¿Por qué has venido a Behraat?

Ella pensó que había ido porque era una estúpida sentimental que nunca aprendía de sus propios errores. Zafir estaba en lo cierto al dudar de su carácter. En lugar de olvidar lo sucedido, se había preocupado por él y había ido en su busca.

–Porque pensé que te había pasado algo, porque creí que habías muerto –respondió, rememorando el dolor de las semanas anteriores–. No sabía qué hacer, así que vine al país del que tanto me habías hablado. Vine para llorarte, Zafir.

Él dio un paso atrás, sorprendido.

–Cuando vi los disturbios en la televisión, me asusté –prosiguió Lauren–. Las cifras de muertos eran terribles. Y, como no tuve noticias tuyas, llegué a la conclusión de que habías caído luchando por tu pueblo. Pero soy una idiota, ¿verdad? Si yo te hubiera importado, me habrías llamado por teléfono o le habrías pedido a uno de tus matones que me informara de que estabas bien y de que ya no querías saber nada de mí.

Zafir no se movió. Ni siquiera parpadeó. Se limitó a mirarla en silencio, y ella se volvió a preguntar si era posible que no hubiera significado nada para él.

–No recuerdo haberte hecho ninguna promesa, Lauren. No me comprometí contigo en ningún sentido.

Ella asintió.

–Eso es verdad. Como tú mismo has dicho, nuestra relación fue exclusivamente física, un simple intercambio de sexo –dijo con lágrimas en los ojos–. El hombre que vine a llorar solo existía en mi imaginación. Y si existió realmente, ha muerto.

Las palabras de Lauren le causaron una profunda turbación. El Zafir que había estado con ella no era ni el huérfano ni el dirigente político; solo era Zafir, sin más, un hombre libre de hacer lo que quisiera.

Pero ya no era libre. Y no volvería a serlo.

Lauren se pasó la lengua por los labios y tragó saliva ostensiblemente. Había perdido el poco color que tenía, y estaba más pálida que antes.

—Si no tienes intención de torturarme, en cuyo caso exijo un abogado, te ruego que hables con uno de tus esbirros y les pidas que me traigan agua. Tengo la boca seca.

Justo entonces, Lauren perdió el conocimiento y se derrumbó, aunque Zafir impidió que cayera al suelo.

Tras tomarla en brazos, le apartó el cabello de la cara y le tocó la frente. Estaba ardiendo, y parecía deshidratada, un problema bastante común entre los extranjeros que iban a Behraat; pero su desmayo no era consecuencia del clima, sino de llevar toda la mañana en una habitación, sin nada que beber.

La apretó contra su cuerpo, sacó el teléfono y llamó a Arif. Luego, le pasó un dedo por la mejilla, fascinado con el intenso contraste de su piel morena y la delicada y blanca piel de Lauren. A decir verdad, estaba fascinado con ella desde el primer día. Era increíblemente atractiva, y tenía una boca tan sensual que le había hecho perder los papeles y olvidar que no se podía permitir la frivolidad de una aventura amorosa.

Sin embargo, su belleza no lo explicaba todo. Zafir se conocía muy bien, y sabía que, si Lauren no lo hubiera conquistado con su exquisito cuerpo, lo habría conquistado con su naturalidad, su carácter lúdico y su acerado sentido del humor.

No había conocido a nadie como ella.

Pero solo había sido una distracción, un respiro, lo único que podía tener en esas circunstancias. Por eso se había ido cuando llegó la hora de volver a Behraat.

Sin embargo, Lauren tenía razón. ¿Por qué no le había dicho que lo suyo había terminado? Habría bastado con una simple llamada telefónica y unas cuantas palabras. ¿Por qué no había sido capaz?

La puerta se abrió, y Zafir dejó a Lauren en manos de dos enfermeros, que la tumbaron en una camilla. Arif quiso decir algo, pero su jefe sacudió la cabeza.

–Llévenla a una suite de mi ala del palacio –dijo–. Pongan un guardia en el pasillo y digan a la doctora Farrah que le haga un examen completo.

Los recién llegados se quedaron atónitos, porque su orden contradecía una de las costumbres tradicionales del país: que ninguna mujer soltera se podía alojar cerca de las habitaciones de un hombre, ni siquiera por error.

–¿No deberían llevarla al hospital? –preguntó Arif.

–No.

Zafir se sabía culpable de su desmayo, y no quería que se despertara entre desconocidos. La quería cerca de él, en un lugar donde pudieran vigilarla sin estar sometidos a miradas curiosas, y no se le ocurría ninguno mejor.

Además, había sido sincero al decir a Lauren que no era un hombre normal y corriente. Ni siquiera era el huérfano que había sido, por mucho que tuviera entonces el favor de la Casa Real. Era el soberano de Behraat, y podía usar su poder o abusar de él tanto como quisiera y de la forma que quisiera.

–Es una orden, Arif.

Zafir dio media vuelta y se dirigió al ascensor, pensando en la turbadora declaración de su examante.

«El hombre que vine a llorar solo existía en mi imaginación. Y si existió realmente, ha muerto».

Lauren se había acercado mucho a la verdad. El hombre atrevido, divertido e indulgente que había sido en Nueva York había dejado de existir.

Capítulo 3

LAUREN abrió los ojos lentamente. Tenía una vía intravenosa en la muñeca izquierda, y se sentía como si se hubiera quedado dormida con un algodón dentro de la boca. Tardó unos segundos en despejarse y, cuando lo consiguió, se apoyó en los codos y se sentó.

Estaba en una cama enorme, entre unas sábanas que olían muy bien. En la pared contraria había un tapiz de color rojo, y las blancas cortinas del balcón se mecían con la brisa. La habitación era más grande que su apartamento de Queens y, desde luego, incomparablemente más bonita y lujosa.

—Ha recuperado el color —dijo una mujer con un fuerte acento británico.

La mujer le puso una mano en la frente y asintió. Llevaba una túnica de color carmesí y unos pantalones negros por debajo. Su piel, algo más clara que la de Zafir, resplandecía con tal vitalidad que, en comparación con ella, se sintió un fantasma.

—Ya no tiene fiebre. ¿Quiere beber algo?

—Sí, gracias.

En lugar de llenar un vaso y dárselo a ella, la mujer le puso una mano en la nuca y llevó el vaso a sus labios. Lauren se sintió inmediatamente mejor.

—¿Dónde estoy?

La mujer frunció el ceño.

—En palacio.

Lauren se puso tensa, pero volvió a mirar la suite. Los rojos y los dorados competían por ganarse la atención de sus ojos, que esta vez se clavaron en el otro balcón y en las cúpulas y torretas de afuera.

¿Qué sentido tenía aquello? Primero, Zafir la encerraba y la acusaba de conspiración y ahora, la llevaba a palacio y ponía empleados a su disposición.

Desconcertada, se pasó un dedo por sus secos y agrietados labios. Su camiseta estaba terriblemente arrugada y sus pantalones, algo sucios.

—No me había desmayado en toda mi vida —dijo—. Si me quita la intravenosa, me levantaré, me asearé un poco y me marcharé.

La desconocida sacudió la cabeza.

—Eso no es posible.

Lauren, que no estaba de humor para más tonterías, dijo:

—¿Quién es usted?

—Pertenezco a la plantilla médica de palacio. De hecho, soy la única mujer. Su Alteza me ha ordenado que la atienda —contestó con orgullo.

Lauren llegó a la conclusión de que sus circunstancias solo habían cambiado vagamente. Seguía detenida, aunque la hubieran ascendido de presa en una habitación miserable a presa en una suite de palacio.

—Pues, por mí, Su Alteza se puede ir al infierno —replicó.

La doctora se quedó boquiabierta y la miró como si a Lauren le hubieran salido unos cuernos, lo cual hizo que se sintiera fatal.

–Discúlpeme, doctora...

–Farrah. Farrah Hasan.

–Tengo que irme, doctora Hasan. Si tuviera la amabilidad de alcanzar mi teléfono, podría llamar al aeropuerto y adelantar la fecha de vuelta de mi billete. Está en mi mochila, encima de esa mesa –declaró.

–No se puede ir, señorita Hamby. Y no se trata solo de que Su Alteza lo haya prohibido, sino también de que está demasiado débil para viajar –replicó–. En su estado, yo le recomendaría que esté una semana en cama y espere dos más antes de subirse a un avión.

–¿En mi estado? –preguntó, confundida–. No me pasa nada. Es una simple deshidratación.

La doctora Hasan volvió a fruncir el ceño.

–Está embarazada. ¿Es que no lo sabía?

Lauren se sintió como si le hubieran dado una bofetada.

–No, eso no es posible...

La doctora la miró en silencio, muy seria.

Lauren se tumbó sin entender nada en absoluto. ¿Embarazada? ¿Cómo era posible que se hubiera quedado embarazada? Estaba tomando la píldora, y no se había saltado ninguna. No tenía ni pies ni cabeza.

Su preocupación dio paso al miedo. No podía tener un hijo. Los niños necesitaban amor, estabilidad y, a ser posible, unos padres capaces de anteponer sus necesidades a las necesidades de sus propias ambiciones y carreras. Pero, si estaba embarazada, solo lo podía estar de Zafir. Y no tenían una relación especialmente amistosa.

–Respire hondo –dijo la doctora, al ver que se estaba mareando.

Lauren obedeció y, al cabo de unos instantes, se llevó las manos al estómago. No podía creer que fuera a tener un hijo.

Un hijo.

Su empleo de enfermera era tan absorbente que la dejaba física y emocionalmente agotada. Casi no tenía tiempo libre. Se pasaba la vida en el hospital, donde había tratado a muchas madres solteras; pero, aunque no hubiera sido consciente de sus dificultades, lo habría sido de su propia y triste infancia y de una decisión derivada de ella: que no traería un niño al mundo si no le podía ofrecer una familia estable.

–¿El bebé está bien?

La doctora sonrió.

–Bueno, está embaraza de muy poco tiempo –le recordó–. En cuanto a usted, no tiene motivos para preocuparse. Deshidratación al margen, sospecho que su nivel de hierro en sangre es un poco bajo; pero no es nada que no se pueda arreglar con una semana de descanso y buena comida.

Lauren asintió, más tranquila. Quería estar tan lejos de Zafir como fuera posible, pero no se iba a arriesgar en esas circunstancias. Se quedaría la semana que la doctora le había recomendado y regresaría a Nueva York.

–¿Es amiga de Zafir? –preguntó Lauren.

–Sí, Su Alteza y yo nos conocemos desde niños.

Lauren maldijo su suerte. Una semana podía ser mucho tiempo si todos los que la rodeaban adoraban a Zafir.

–Pero cuento con su discreción, ¿verdad? En calidad de paciente, quiero decir.

–Por supuesto, señorita Hamby.

–Por favor, llámeme Lauren.

–Como desee.

–¿Puedo pedirle un favor? –preguntó, tocándose otra vez el estómago–. Me gustaría que esto quede entre nosotras. No tiene nada que ver con Zafir, y no es necesario que lo sepa.

La doctora la miró con desconfianza.

–Huelga decir que no hablaré de su embarazo con nadie. A no ser que...

Lauren respondió de forma vaga a sus siguientes preguntas. Estaba metida en un lío, y no debía dar demasiadas explicaciones.

Zafir firmó el último documento con satisfacción y lo dejó en la bandeja de entrada de su secretario. Era uno de sus proyectos más queridos: un plan para ampliar la clínica de mujeres que estaba en las afueras de la ciudad, y que daba servicio a las pocos grupos tribales que seguían viviendo en el desierto.

A continuación, se levantó, abrió el armario de las bebidas y se sirvió un vaso de whisky, que se bebió de un trago. Por desgracia, el alcohol no apagó la frustración que sentía por un asunto bien distinto: Lauren.

La muerte de Tariq lo había obligado a poner fin a su relación, pero no había olvidado sus noches de placer. Y saber que estaba allí mismo, en ese mismo palacio, no contribuía precisamente a mejorar su estabilidad emocional.

El soberano de Behraat no podía tener aventuras amorosas sin que se enteraran los miembros del Consejo y algunas de las personas más opuestas a él. Habría sido demasiado peligroso y, por otra parte, habría minado sus esfuerzos por mejorar la imagen de la Casa Real y diferenciarse del difunto Tariq. Sin embargo, eso no significaba que no la echara de menos.

Momentos después, Arif entró en el despacho con una cámara.

—Lo hemos encontrado.

Zafir lo miró con interés.

—¿Y?

—Nos ha dado la cámara para que borremos la grabación. Dice que no quiere hacer nada que ponga en peligro la estabilidad de Behraat. Pero ha puesto una condición: que le concedas una entrevista en exclusiva.

Zafir frunció el ceño. Lauren se había negado a traicionar a su amigo, pero su amigo no parecía preocupado por ella.

—¿No ha preguntado por Lauren?

—Sí, por supuesto. De hecho, lo he llevado a su habitación y han estado charlando un rato. Se ha quedado satisfecho, aunque siente curiosidad por su presencia en palacio —respondió Arif, que no consiguió ocultar su inquietud.

—Dilo de una vez, Arif.

—Sácala de aquí. Inmediatamente.

Ningún hombre se habría atrevido a hablarle en ese tono. Pero Zafir sabía que su viejo amigo y mentor era ferozmente leal a Behraat.

—¿Por qué?

—Porque esa mujer es una fuente de problemas. Solo lleva dos días aquí y ya te ha... descentrado —dijo.

Zafir sacudió la cabeza.

—Me fui en mitad de la noche y sin decirle nada. Hasta le oculté mi verdadera identidad. Es lógico que esté enfadada.

Arif suspiró.

—No puedes permitir que te distraigan. Tienes un camino que recorrer.

Zafir se sintió inmensamente frustrado. Había renunciado a su vida privada por servir a su país y, en pago a su sacrificio, le negaban hasta los placeres más pequeños, como ver a la única mujer que lo había vuelto loco de deseo.

Y empezaba a estar harto de esa situación.

—¿Qué quieres? ¿Qué viva como un monje? —replicó.

—Nadie te está pidiendo eso. Busca una mujer adecuada para ti, una mujer consciente de tu posición, y cásate con ella. Es lo mejor que puedes hacer —contestó—. Te ganarías la confianza del Consejo.

Arif quería que se casara con una mujer como Johara, la viuda de Tariq; una mujer agradable y tradicional que, por otra parte, era hija de uno de los miembros del Consejo. Pero Zafir se conocía lo suficientemente bien como para saber que ese tipo de mujeres no le interesaba en absoluto. No necesitaba una Johara, por muy bella que fuera.

En cambio, la alta, esbelta, trabajadora, orgullosa y ferozmente directa Lauren se había ganado toda su atención. No le había pedido nada. No le había exigido nada. Era tan dura e independiente que prefería morir antes que pedir ayuda, como había demostrado cuando siguió trabajando a pesar de tener una gripe terrible. Además, tenía pocos amigos fuera del hospital y, en cuanto a su vida privada, casi no existía. Parecían hechos el uno para el otro.

Sin embargo, esa mujer independiente lo había dejado todo y había cruzado medio mundo para encontrarlo y llorar su pérdida.

—Vivo para Behraat, Arif. Nadie puede cambiar eso ni cambiarme a mí.

Zafir fue absolutamente sincero; pero, por una vez en su vida, quería dejarse llevar y disfrutar un poco. Incluso cabía la posibilidad de que la llegada de Lauren fuera una especie de premio por todo lo que había sufrido durante las semanas anteriores.

Cada vez que pensaba en su cuerpo, se excitaba.

Ahora bien, no podía saciar su deseo si no arreglaba las cosas con ella. Y sabía cómo conseguirlo. A fin de cuentas, ser soberano tenía sus ventajas.

Lauren abrió las puertas del balcón y salió. Faltaba una hora para el anochecer, y el cielo se empezaba a teñir de rojo.

Tras sentir un escalofrío, tiró de los bordes del jersey de cachemir que se había puesto. Era una de las características más curiosas de Behraat, y una de las que más le sorprendían: las altas temperaturas diurnas caían en picado al final de la tarde.

Aún no podía creer que estuviera en el Palacio Real, con todas sus torres, jardines, fuentes y senderos sinuosos. Allá donde mirara, encontraba belleza y lujo. Se sentía como si estuviera en el cuento de hadas que le había leído su abuela muchos años atrás, mientras sus padres, que eran diplomáticos, trabajaban en un país tan lejano y exótico como Behraat.

Sin embargo, eso no significaba que estuviera cómoda. Cada vez que se tumbaba en la gigantesca cama de la preciosa suite y miraba el fresco del techo, se acordaba de su vida en los Estados Unidos y sacudía la cabeza. Ni el contraste podía ser mayor ni ella podía estar más fuera de lugar en aquel mundo de bañeras de mármol, cortinas de satén, alfombras persas y marcos con filigranas de oro.

Al volver a la habitación, se encontró con Farrah. La doctora, que estaba leyendo un informe, no se apartaba de ella en ningún momento.

–¿No le molesta que Zafir la tenga de niñera? –dijo Lauren.

Farrah dejó el informe a un lado.

–Es lo menos que puedo hacer, teniendo en cuenta que Su Alteza me salvó de mí misma cuando mi familia me repudió. Además, está claro que usted le importa.

–¿Por qué dice eso? ¿Porque me ha encerrado aquí en lugar de arrojarme a una mazmorra? –preguntó.

–Creo que no comprende la situación. Este alojamiento está en el ala privada de Su Alteza.

–¿Y qué?

–Las costumbres de Behraat prohíben que una mujer soltera se aloje cerca de las habitaciones de un hombre –explicó la doctora–. Como ve, se ha tomado muchas molestias con usted. Si quisiera encerrarla, la podría haber llevado a cualquier otro sitio. La ha traído aquí porque es el único lugar donde puede estar absolutamente seguro de que no le pasará nada.

Lauren, que prefirió no sacar conclusiones de la

desconcertante declaración de Farrah, alcanzó la jarra de plata que estaba en la mesa, se sirvió un vaso y bebió un poco. El zumo de naranja alivió su aún reseca garganta.

–La única persona que me amenaza es su arrogante Alteza Real –dijo.

–Yo no estaría tan segura de eso. Por ponerle un ejemplo, Su Alteza ha recibido dos amenazas de muerte desde que volvió a Behraat.

La sorpresa de Lauren fue tan mayúscula que se le cayó el vaso. ¿Amenazas de muerte? Cuando llegó a Behraat, estaba casi convencida de que Zafir había muerto; pero asumir su muerte no era lo mismo que asumir la idea de que lo asesinaran.

Rápidamente, tomó una servilleta y se arrodilló para limpiar la alfombra que había manchado.

–¿Por qué querrían matar a Zafir?

Alguien llamó a la puerta en ese momento, interrumpiendo su conversación. Era una mujer de caftán marrón, que se acercó a Farrah y le ofreció el contenido de la bandeja que llevaba en las manos: un objeto envuelto en un paño de terciopelo.

Tras hablar en voz baja con la recién llegada, la doctora se giró hacia Lauren, le dio el misterioso objeto y dijo:

–Su Alteza quiere verla dentro de una hora, en el jardín de la azotea.

Lauren soltó un grito ahogado cuando apartó los pliegues del paño. Contenía un vestido de color esmeralda, sencillamente exquisito; un vestido de seda y lentejuelas que parecían brillar con luz propia; un vestido digno de una princesa, una reina o la amante de un rey.

En cuanto lo vio, supo que le quedaría como un guante; pero Farrah también se dio cuenta, y Lauren se sintió avergonzada. No necesitaba ser muy lista para llegar a la conclusión de que Zafir conocía su talla porque se había acostado con ella. ¿Qué otra cosa iba a pensar? Primero, se saltaba las normas de su propio país y la alojaba en palacio, cerca de sus habitaciones; y ahora, le regalaba un vestido de noche.

Además, el vestido no era el único regalo. Debajo de la prenda, había una caja rectangular que Lauren abrió sin miramientos, profundamente incómoda con la situación. ¿A qué estaba jugando Zafir?

Su incomodidad se transformó en emoción contenida al ver un collar de diamantes, unos pendientes y un brazalete a juego. Zafir se había acordado de lo mucho que le gustaban los diamantes. De hecho, su pequeño piso de Queens estaba lleno de catálogos de las mejores joyerías del mundo. Era uno de sus pequeños placeres. Se sentaba en el sillón y se dedicaba a admirar aquellas maravillas.

Lauren cerró la caja e intentó no perder los estribos. Al parecer, Zafir pensaba que la podía comprar con unos regalos. Creía que olvidaría lo sucedido ante la simple visión de unos cuantos cristales bonitos. Pero estaba muy equivocado.

Tras dar la caja a Farrah, dijo:

—Por favor, pida a la doncella que se lleve los regalos de Su Alteza y le informe de que no tengo intención de verlo. Ni hoy ni mañana ni nunca.

Capítulo 4

LAUREN se cerró el albornoz, que le llegaba a las rodillas, y volvió a la suite. Había estado una hora en la bañera, y se habría quedado una hora más si no hubiera tenido miedo de convertirse en una pasa.

–Esa bañera es una tentación, Farrah.

–Me alegra que te guste algo del palacio.

Lauren sintió una súbita debilidad al oír la ronca y suave voz de Zafir, que caminó hacia ella. Pero Farrah se interpuso entre los dos.

–Márchate, Farrah –ordenó el soberano sin apartar la vista de Lauren.

–No tengo nada que decir que Farrah no pueda escuchar.

–Pero yo, sí.

Para entonces, Farrah ya había recogido sus cosas y salido a toda prisa de la habitación. Lauren tragó saliva y miró a Zafir de arriba abajo, incapaz de refrenarse. Llevaba una camiseta oscura y unos vaqueros ajustados que le quedaban increíblemente bien. Era como una deliciosa tableta de chocolate negro que estuviera esperando a que le hincara el diente; una tableta que parecía pensar lo mismo de ella.

Nerviosa, se cerró el albornoz un poco más. Su

pulso se había acelerado, y casi se desbocó cuando Zafir alzó una mano, le acarició la mejilla y tocó suavemente el contorno de sus marcadas ojeras.

—Tienes un aspecto terrible —declaró.

Lauren tuvo la sensación de que Zafir se sentía culpable de lo sucedido, y de que le intentaba decir que nunca había querido hacerle daño. Pero había ordenado que la encerraran. La decisión había sido suya.

—Gracias por notarlo, y por dignarte a verme —replicó ella—. Te haría una reverencia, pero llevo dos días sin poder salir de esta habitación, y no estoy de humor para esas cosas. Dile a tus empleados que me dejen marchar. Me quiero ir.

Él frunció el ceño un momento, pero se relajó al instante y, tras llevar las manos al talle de Lauren, clavó la vista en sus senos.

Lauren se estremeció. Quería estar enfadada con él, pero su cuerpo tenía otras ideas.

—Deja de hacer eso.

—¿De hacer qué? —preguntó Zafir.

—De mirarme así.

—Siempre te ha gustado que te mire.

Lauren lo miró con escepticismo, esperando que Zafir no pudiera oír los estruendosos latidos de su corazón.

—Puede que me gustara hace seis semanas, pero ya no me puedes engañar. No caeré tan fácilmente en...

Él la acalló por el sencillo procedimiento de ponerle un dedo en los labios.

—Elegir ese vestido y esas joyas ha sido lo más placentero que he hecho desde que nos vimos por última vez —declaró.

Ella se quedó sorprendida. ¿Los había elegido él, en persona?

–Aunque mi placer habría sido mayor si te los hubieras puesto y hubieras acudido a nuestra cita –prosiguió Zafir.

Lauren estaba a punto de perder el control de sus emociones. El contacto de Zafir y la dulzura de su voz la habían excitado de tal manera que habría sido capaz de hacerle el amor allí mismo. Pero sacó fuerzas de flaqueza y se aferró a lo único que la podía salvar en ese momento: su enfado.

–Tus regalos no significan nada para mí. Crees que me puedes comprar, y te equivocas. Me has encerrado, Zafir. Cenar contigo es lo último que me apetece.

–No estás encerrada. Solo quiero que te recuperes, Lauren.

–¿Me estás tomando el pelo? Hace tres días, me acusaste de conspirar contra ti, y ahora hablas como si no hubiera pasado nada –dijo–. No caeré rendida a tus pies por unos cuantos regalos. Estoy harta de ti y de este lugar.

–Sí, supongo que debo pedirte disculpas por lo que pasó. Aunque sé que no eres capaz de hacer nada malo.

–¿Ah, sí? ¿Y desde cuándo lo sabes? ¿Desde que hablaste con David y te diste cuenta del error que habías cometido? –dijo con sorna.

Él apretó los labios.

–Necesitaba esa grabación –le recordó–. Y, de vez en cuando, tengo que mostrarme implacable. Son gajes del oficio.

–Más bien, gajes de estar borracho de poder.

En lugar de enfadarse, Zafir sonrió y admiró sus labios.

–Había olvidado lo directa que puedes llegar a ser. No te pareces nada a las personas que me rodean –dijo, apartándole un mechón de la cara–. Fue lo primero que me gustó de ti... ¿Te acuerdas? Llevé a Huma a urgencias y, cuando viste sus magulladuras, te faltó poco para acusarme de ser un maltratador.

Zafir se apretó contra ella, dejándola sin habla.

–Me recordaste a una leona que vi una vez. Eras tan feroz y hermosa como ella. Ninguna mujer había conseguido que me excitara tanto y tan deprisa.

Lauren notó la humedad entre sus piernas y apretó los muslos como si así pudiera contenerse. Aquello era una verdadera tortura, mucho peor que estar encerrada. Se podía rebelar contra Zafir cuando la acusaba de cosas absurdas, pero no tenía ninguna oportunidad cuando hablaba de ese modo, con calidez y deseo. Solo quería abrirse el albornoz, dejarlo caer y saciar su hambre.

–Deja de tocarme –dijo al fin, estremecida.

En lugar de obedecer, Zafir la llevó hasta la cama y le acarició el labio inferior.

–Te encanta que te toque. De hecho, hacíamos otra cosa que tocarnos.

–Sí, es cierto, pero las cosas han cambiado. Y te quiero tan lejos de mí como sea posible –replicó.

–¿Aún estás enfadada? Supuse que, cuando tuvieras tiempo de sopesar la situación y te tranquilizaras un poco, te alegrarías de volver a verme. A fin de cuentas, me creías muerto; y no lo estoy.

–Si no hubiera sido una estúpida sentimental, capaz de dejarlo todo y subirse a un avión para buscar a un amante, no nos habríamos vuelto a ver. Te fuiste sin decir nada, Zafir, y no hiciste el menor esfuerzo por ponerte en contacto conmigo. No me digas ahora que te importo, porque no es verdad.

Lauren intentó apartarse de él, pero sus piernas no le obedecían. Y, para empeorar las cosas, estaba mareada.

Zafir la tomó en brazos, la tumbó en el sofá y la miró con preocupación.

–¿Qué te pasa, Lauren? Has estado a punto de desmayarte otra vez.

Ella se sentó a duras penas y sacudió la cabeza.

–No me pasa nada. Es que tengo hambre.

Él alcanzó rápidamente el intercomunicador, pidió comida suficiente para alimentar a un regimiento y volvió con Lauren.

–Será mejor que te vayas antes de que vengan tus criados.

–¿Por qué?

–Porque ya estás dando demasiado que hablar –respondió–. No quiero ser la comidilla de tu palacio.

Él apretó los dientes y la miró con dureza.

–No te cuidas nada bien, Lauren. Me quedaré aquí hasta estar seguro de que no te vas a desmayar.

–¿A qué viene eso? ¿No estás exagerando un poco?

–Lauren, tuviste una gripe terrible en Nueva York, y es evidente que no te has recuperado por completo. Cuando Huma te encontró en el suelo del cuarto de baño y me llamó, parecías a punto de morir. Y ahora tienes el mismo aspecto –dijo–. ¿Qué has estado haciendo? ¿Una huelga de hambre?

Zafir le sirvió un vaso de agua, que ella bebió con ansiedad. No había olvidado lo sucedido. Durante siete días, Huma y él se habían turnado para cuidar de ella, sin dejarla sola ni un segundo. Cuando su amiga Alicia se enteró de que estaba enferma y le llevó una cacerola con sopa de pollo, ya estaba prácticamente recuperada.

–¿Te encuentras mejor? –preguntó él, poniéndole una mano en la frente.

–Huma lo sabía, ¿no?

Zafir frunció el ceño.

–¿A qué te refieres?

–A lo nuestro –contestó–. Sabía que nos estábamos acostando.

Él suspiró.

–No hablo con Huma de mi vida sexual. Pero sí, lo sabía.

–¿Y también sabía que te ibas a ir aquella noche?

Zafir la miró como si estuviera sopesando las palabras que iba a pronunciar, y Lauren se preguntó por qué no le había dicho antes la verdad y por qué se la iba a decir ahora.

–Huma es hija de un viejo amigo cuya vida estaba en peligro –le explicó–. Estaba a mi cargo, así que le tuve que decir que me marchaba y que tenía planes para ella.

Huma se había ido de Nueva York una semana después de que Zafir se fuera, sin contestar a las preguntas de Lauren. La mujer se había limitado a darle un abrazo y decir algo en árabe que ella no entendió.

–¿Te dijo Huma que yo estaba preocupada por ti?

–Sí, me lo dijo.

Lauren se levantó del sofá, maldiciéndose para sus adentros por no haberse quedado en Nueva York. Tendría que haber dejado las cosas como estaban. Habría sido mucho mejor.

Durante unos momentos, estuvo a punto de olvidar la pregunta que le estaba royendo las entrañas. Una parte de ella prefería seguir en la ignorancia y aferrarse a la idea de que no se había equivocado completamente con él; pero, si no se lo preguntaba, se condenaría a una duda que la perseguiría durante años, como le había sucedido con la indiferencia de sus padres.

–¿Me habrías llamado, Zafir?

Él no dijo nada.

–Márchate –susurró ella.

–Lauren, tomé la decisión que debía tomar, y no sabes cuánto lo lamento. Pero eso no significa que no haya pensado en ti –dijo con dulzura–. Por favor, quédate una temporada en Behraat. En calidad de invitada, por supuesto.

Lauren lo miró, boquiabierta. Deseaba tanto a Zafir que quería quedarse con él a pesar de todo lo que había sucedido. Desde ese punto de vista, no había cambiado nada. Aún era increíblemente susceptible a su encanto.

–No –se obligó a decir.

Él la volvió a tomar entre sus brazos.

–¿Por qué no?

Ella se humedeció los labios y apretó los puños para no tocarlo, porque estaba ansiosa por acariciar su sensual boca y apretarse contra él.

–Eres una obsesa del trabajo que no se ha tomado unas vacaciones desde hace siglos –declaró Zafir, pasándole una mano por el pelo–. Además, echo de menos nuestros viernes de películas y... sesiones de relajación.

–¿Estás hablando en serio?

Él no contestó a la pregunta. Se limitó a abrazarla con más fuerza, aumentando la excitación de Lauren. Oh, cuánto lo necesitaba. Solo quería cerrar los ojos y dejar que la llevara otra vez al orgasmo. Pero se odió a sí misma por ser tan débil.

–No puedo, Zafir. De hecho, no quiero volver a verte en toda mi vida.

Él se inclinó y dijo en voz baja, casi pegado a su boca:

–Mientes, Lauren. Y no alcanzas a imaginar lo mucho que te deseo. Haría lo que fuera por volver a hacerte el amor.

Lauren sacudió la cabeza, aunque sentía lo mismo que él.

–¿Qué harás si te beso? –continuó Zafir–. ¿Me rechazarás? ¿Me negarás a mí y te negarás a ti misma el placer que ambos deseamos? ¿O vas a decir que no lo deseas?

–No, no me engaño hasta ese punto. Admito que lo deseo tanto como tú. Incluso estoy dispuesta a admitir que eres el mejor amante que he tenido.

Zafir arqueó una ceja.

–¿El mejor?

–Sí, en efecto. Eres extremadamente hábil y generoso –respondió con una seguridad que estaba lejos de sentir–. Pero no tengo más remedio que resistirme a la tentación. Has demostrado ser un hombre implacable que desprecia los sentimientos de los demás, incluidas las mujeres que acabamos en tu cama. ¿Cuánto tiempo duraría tu pasión? ¿Cuánto tardarías en aburrirte, abandonarme de nuevo y echarme de palacio?

Lauren esperó a que dijera algo, cualquier cosa desde una negativa hasta un estallido verbal de cólera.

Pero no dijo nada.

Y el silencio de Zafir llenó su mente de recuerdos dolorosos.

La vida no había sido justa con ella. La habían rechazado una y otra vez y por motivos de lo más diverso, empezando por la carrera de sus padres. Pero no estaba dispuesta a someterse otra vez y cometer el viejo error de aceptar las imposiciones de los demás por miedo a perder lo poco que tenía. Conocía ese camino, y sabía dónde terminaba. Era un círculo vicioso de dolor y decepciones.

Sin embargo, romper con Zafir iba a ser lo más difícil que había hecho en su vida. No era un hombre cualquiera. Era el único hombre que la volvía loca de placer y, por si eso fuera poco, también era el padre de su hijo.

—Deja que me vaya, Zafir. Si me respetas, deja que marche.

Él dio un pasó atrás, lentamente.

—Como quieras —dijo.

Zafir dio media vuelta y salió de la habitación sin despedirse. Lauren se sentó en la cama y respiró hondo mientras intentaba controlar sus emociones.

Sí, estaba loca por él, pero las circunstancias habían cambiado de tal forma que ya no podía pensar como una mujer encaprichada de un hombre. Ya no se trataba solo de ella. Iba a ser madre.

Segundos después, oyó la risa de un niño y se asomó al balcón. Un chico de seis o siete años corría alrededor de una de las fuentes de los jardines, perseguido por un hombre que se fingía incapaz de alcanzarlo. Al cabo de un par de minutos, el hombre lo alcanzó y lo puso sobre sus hombros.

Lauren se estremeció, súbitamente consciente de la importancia de su decisión. Pero Zafir gobernaba un país, y estaba obligado a anteponer las necesidades de Behraat a sus propias necesidades y a las de cualquier otra persona, incluida ella. No tenía sitio para una mujer y un bebé. Si se quedaban, solo serían un obstáculo.

Y no quería que su hijo sufriera lo que había sufrido ella con sus padres.

Fue la semana más larga de su vida. Lauren se sentía como si estuviera en unas arenas movedizas y no tuviera nada a lo que agarrarse. No estaba acostumbrada a mentir ni a ocultar la verdad y, en más de una ocasión, estuvo a punto de llamar a Zafir para decirle que iba a tener un hijo suyo.

Zafir no había querido que volviera al hotel, y ella seguía en palacio como si siguiera encerrada, pero esta vez por voluntad propia. Tenía tanto miedo a cambiar de opinión que cortó todos sus lazos con el mundo exterior; y, cuando el mundo exterior se presentó al final en la suite, lo hizo con una verdad que afianzó su decisión de marcharse.

Al saber que Lauren era la misteriosa invitada de Su Alteza, Huma se presentó un buen día. Tras abrazarla, se puso a hablar con ella y le contó que las cosas habían mejorado en Behraat y que los cambios políticos habían permitido que entrara en la universidad y empezara a estudiar enfermería.

—Como tú —añadió, sonriendo.

Después, y con la misma inocencia que mostraba en casi todo, le informó de que se rumoreaba que Su Alteza se iba a casar.

Al saberlo, Lauren sintió náuseas. Huma siguió hablando alegremente de las fiestas y celebraciones que se llevarían a cabo, pero ella ya no escuchaba. Sus dudas habían desaparecido por completo. El terrible conflicto entre sus deseos y sus supuestas necesidades se había evaporado.

Zafir se iba a casar con otra.

Esa misma noche, Lauren hizo el equipaje. Si se quedaba allí, su hijo sería una molestia para el soberano de Behraat y su futura esposa o, en el mejor de los casos, un familiar de segunda.

Y no lo podía permitir.

Capítulo 5

LAUREN estaba asombrada con la terminal, que no se parecía nada a la que había visto cuando llegó con David. Sus cúpulas, sus suelos de mármol y sus grandes arcos eran más propios de un palacio que de un aeropuerto.

Al saber que regresaba a Nueva York, Zafir le había fletado un avión privado. Naturalmente, Lauren protestó, porque le parecía una forma estúpida de malgastar el dinero. Pero, como dijo Farrah, Su Alteza quería que volviera con estilo. Y nadie llevaba la contraria al hombre más importante de Behraat.

Súbitamente, se le acercó una azafata, le informó de que ya podía embarcar y la acompañó hasta el interior del aparato, que tenía alfombras persas y sillones de cuero.

A Lauren se le hizo un nudo en la garganta. Estaba a punto de abandonar un país que le encantaba, por muy distinta que fuera su cultura. Y también estaba a punto de abandonar al padre de su hijo.

–Buenos días, señorita Hamby –la saludó una mujer que llevaba una túnica–. Soy su enfermera. Si se encuentra mal, le ruego que me lo diga.

Lauren frunció el ceño. Por lo visto, Zafir le había

dicho a sus empleados que era incapaz de cuidar de sí misma.

—Yo también soy enfermera –replicó con brusquedad–. Si me encontrara mal, reconocería los síntomas de inmediato.

Molesta, se giró hacia la enorme cristalera y admiró las lejanas torres de la capital, que se alzaban contra el cielo tras un largo mar de arena.

—¿Aún sigue aquí? –preguntó a la mujer.

—Me temo que sí –contestó con timidez–. Tengo orden de acompañarla a Nueva York y regresar después a Behraat.

Lauren pensó que aquello había llegado demasiado lejos. Había admitido lo del avión privado porque no quería tener problemas con Zafir, pero le parecía indignante que hiciera perder el tiempo a una enfermera; especialmente, cuando muchas mujeres del Behraat rural se abstenían de ir al médico porque estaba mal visto que las examinaran hombres.

—Por favor, hable con la persona que esté a cargo y dígale que quiero volver al aeropuerto internacional.

—Pero Su Alteza ha dicho que...

—Si Su Alteza tiene algún problema, que me lo diga a mí –la interrumpió.

La mujer se quedó boquiabierta, sin decir nada. Y entonces, se oyó otra voz:

—Como desees, *habibti*.

Si Lauren no se hubiera mareado al girarse súbitamente hacia él, se habría mareado al verlo. Era un hombre imponente.

—Y también vas a desear otra cosa –continuó él tras

pedirle a la enfermera que se marchara–. Vas a desear no haberme conocido.

Zafir le arrojó una carpeta que ella alcanzó al vuelo. Lauren no necesitaba abrirla para saber lo que contenía, porque tenía un sello de la Casa Real que reconoció el instante: el sello del departamento médico.

–¿Qué ocurre? ¿Te has quedado sin habla, Lauren?

Ella tragó saliva. Estaba tan fuera de sí que tuvo miedo de él.

–Creo que me debes una explicación –insistió Zafir.

Lauren se preguntó si su ira era hija de la indignación o si había algo más, quizá tristeza ante el hecho de que se lo hubiera ocultado; pero, fuera lo que fuera, su mente se llenó de dudas. Había tomado la decisión más difícil de su vida, y no estaba segura de que hubiera sido la decisión correcta.

–No hay mucho que contar, Zafir. Una mujer que está tomando la píldora conoce a un hombre que le gusta y mantiene con él una relación sexual asombrosamente satisfactoria –declaró, haciendo un esfuerzo sobrehumano por mirarlo a los ojos–. Y, semanas después, descubre que se ha quedado embarazada. Supongo que fue por los antibióticos que estaba tomando.

Zafir dijo algo en árabe, que ella no lo entendió; aunque, por su tono, supo que no había sido un comentario agradable.

–¿Cómo te atreves a hacerme esto? –preguntó él–. No sabes con quién estás hablando. Pero lo vas a aprender por las buenas o por las malas.

–¿Me estás amenazando? –dijo en tono de desafío.

–Yo no amenazo, Lauren; yo actúo. Y si me presionas, descubrirás lo que soy capaz de hacer cuando me quitan lo que me pertenece.

Ella sintió un escalofrío. De repente, tenía la sensación de que el lujoso y cálido aparato se había quedado helado.

–¿Cómo lo has sabido? ¿Es que Farrah...?

–No, Farrah no me ha dicho nada. Y ahora tendrá que afrontar las consecuencias.

A Lauren se le encogió el corazón.

–No la castigues por mi culpa, Zafir. Le dije que el niño no era tuyo, y le pedí que se lo callara porque no tenía nada que ver contigo.

–No te preocupes tanto por la doctora –replicó él–. Preocúpate por ti.

Ella respiró hondo e intentó mostrarse razonable.

–Sinceramente, no entiendo tu reacción.

–¿Ah, no? Pues déjame que lo explique –dijo, frotándose la mandíbula–. Descubriste que te habías quedado embarazada de mí y decidiste volver a Nueva York sin decirme nada. ¿Cómo es posible que me hayas ocultado algo tan importante? Y pensar que estaba dispuesto a permitir que te fueras...

–¿Estás seguro de que el niño es tuyo? –lo interrumpió.

Él le lanzó una mirada que le heló la sangre.

–No, ahora que lo dices, no lo estoy. Pero puedo salir fácilmente de dudas.

Zafir descolgó el teléfono que había en el interior del avión y gritó a la azafata que lo pusiera en contacto con la doctora. Segundos después, Farrah se

puso al teléfono. Él le ordenó que hiciera una prueba
de ADN y estampó el auricular sin despedirse.

Lauren se sintió culpable. No había guardado su
embarazo en secreto porque fuera una mala persona o
quisiera vengarse, sino porque no quería que su hijo
se viera condenado a la misma situación que había
sufrido ella en su infancia. Sin embargo, había sacado
de quicio a Zafir, y lo estaban pagando los demás.

—El niño es tuyo —dijo, nerviosa.

Zafir, que le estaba dando la espalda, se sumió en
un silencio amenazador.

—Pero si no me crees —continuó Lauren—, me haré
esa prueba tan pronto como sea posible y te enviaré
los resultados.

Cuando Zafir se giró, Lauren se dio cuenta de que
no iba a ir a ninguna parte. En sus ojos no había el menor rastro de calidez. Y su sonrisa, que parecía una
mueca cruel, le indicó que estaba completamente atrapada.

—No tendrás que enviar nada. Te quedarás en Behraat hasta que des a luz —declaró él, implacable—. En
cuanto a lo que hagas después, me da lo mismo. Por
mí, como si te tragan las arenas del desierto.

Lauren palideció y se sentó en un sillón como si no
tuviera fuerzas para seguir de pie. Al verla así, Zafir
sintió el deseo de acercarse y animarla; quizá, por su
instinto protector o quizá, por las lecciones sobre ho-
nor y caballerosidad que le había dado el gran Rashid
Al Masood cuando él era un niño, aunque entonces no
sabía que Rashid era su padre.

Zafir siempre había sido tan discreto como cauto en sus relaciones amorosas. No se parecía nada a Tariq, que despreciaba los sentimientos de los demás, y no quería que ninguna de sus amantes saliera mal parada por su culpa. Sin embargo, Lauren le gustaba tanto que se había dejado llevar en exceso. Le había abierto su corazón, y ella se lo pagaba con la peor de las traiciones.

Si Lauren se hubiera ido de Behraat, él nunca habría sabido que iba a tener un hijo. Y, en cuanto a su hijo, habría crecido sin conocer la identidad de su padre; es decir, lo mismo que le había pasado a él.

Pero no se había ido. Estaba hundida en el asiento de cuero, apretada contra el respaldo como si tuviera miedo de que la castigara. Y la iba a castigar, desde luego. Iba a aprovechar sus debilidades.

—Te estás marcando un farol —dijo ella, fracasando en el intento de sonar desafiante.

Él se sentó en el sillón de enfrente, estiró las piernas y guardó silencio unos segundos más, dejando que se cociera en el agua de su propio pánico. Había caído en sus redes, y estaba a su merced.

—¿Tú crees? Intenta salir de Behraat y verás lo que pasa.

—Mira, comprendo que estés enfadado, pero piénsalo bien —replicó ella—. Estamos hablando de un niño. No puedes comprometerte con él y olvidarlo más tarde, cuando surja algo más importante para ti.

—¿Cómo te atreves a darme lecciones de paternidad? Los dos sabemos que esto no tiene nada que ver. Te ibas a ir sin decirme nada.

—Lo sé. Y en venganza, me quieres quitar a mi hijo.

–Nuestro hijo –puntualizó Zafir.

Ella suspiró.

–Admito que estaba enfadada contigo y que quizá no pensaba con demasiada claridad. Pero me diste a entender que nuestra relación no significa nada para ti, así que...

–¿Qué le habrías dicho a nuestro hijo? –la interrumpió–. ¿Que su padre no lo quería? ¿Que lo había rechazado?

–No, yo no le mentiría.

–Pero mientes a su padre.

–Yo no he mentido. Me he limitado a ocultar la verdad –dijo–. Y supongo que te lo habría dicho en algún momento.

–¿En algún momento? –Zafir se levantó del sillón, nuevamente indignado–. No tienes derecho a tomar decisiones por los demás.

–Mira quién habla. Te recuerdo que eres el soberano de Behraat, y que tomas ese tipo de decisiones constantemente –se defendió–. Ni siquiera sé por qué te extraña tanto mi actitud. Ese niño sería un obstáculo en tu camino. Para ti no hay nada más importante que tu país y, por si eso fuera poco, te vas a casar.

Zafir sonrió de nuevo y se inclinó sobre ella.

–Empiezo a saber cómo funciona tu mente, Lauren. Has oído un rumor y has pensado que quiero acostarme contigo mientras me caso con otra. Y yo que te creía inteligente... ¿Cómo es posible que confíes en los rumores? Tendrías que haber hablado conmigo. Pero, en lugar de eso, no se te ocurre nada mejor que marcharte para vengarte de mí.

–No intentaba vengarme.

–¿Ah, no? Te ibas por celos, porque estabas celosa de esa mujer.

La afirmación de Zafir le molestó tanto que le puso las manos en el pecho y lo empujó.

–¿Celosa? ¿Yo? ¿Por un hombre que juega conmigo? Estás muy equivocado. Me iba porque no quiero que mi hijo se convierta en un objeto abandonado, como me pasó a mí. No quiero que esté a merced de unos padres que dan más importancia a sus ambiciones y obligaciones profesionales.

Lauren respiró hondo y añadió:

–Sé sincero, Zafir. ¿Darías prioridad al niño o la niña que tengamos? ¿Antepondrías sus necesidades a las tuyas? Porque eso es lo que yo estoy dispuesta a hacer.

Zafir pensó que tenía razón. Su propia infancia había sido una mentira, y él tampoco deseaba ese destino para su hijo.

–No sé si podré estar siempre a su lado, Lauren. No sé qué le podré dar ni qué estará fuera de mi alcance, pero te aseguro que mi hijo sabrá que le quiero. Y no permitiré que lo manipules en mi contra.

Lauren se estremeció. La ira de Zafir era una barrera que apenas alcanzaba a penetrar; pero tenía algunas grietas, y atisbó algo que la desconcertó: un destello de dolor.

–Si te importa su bienestar, deja que me vaya. No negaré tus derechos como padre.

–No –dijo él con energía–. Mi hijo no crecerá lejos de mí, a miles de kilómetros de distancia. Será mejor que lo asumas de una vez.

–En ese caso, tenemos un problema.

–¿Cuál?

–Que yo vivo en Nueva York y tú vives aquí, evidentemente. Yo diría que es un problema bastante grave.

–Ya no vives en Nueva York.

Lauren sacudió la cabeza.

–Tú no eres quién para decidir esas cosas. No soy uno de tus esbirros. Mi vida es mía, y haré con ella lo que quiera.

Él la miró con intensidad.

–Si pretendes ser la madre de mi hijo, tendrás que quedarte en Behraat.

–¿Y por qué tengo que quedarme yo? ¿Por qué me tengo que sacrificar mientras tú no renuncias a nada?

–Yo diría que es obvio.

–Pues explícamelo, porque no lo entiendo.

–¿Qué tipo de vida puedes dar a nuestro hijo? Trabajas seis noches enteras a la semana, y vives en un apartamento minúsculo. No tienes familia que te pueda ayudar y, en cuanto a tus amigos, son personas que trabajan tanto como tú –le recordó–. ¿Quién cuidará del pequeño cuando estés en el hospital doblando turnos? ¿Quién cuidará de él cuando vuelvas a casa completamente agotada?

La armadura de Lauren se deshizo como un azucarillo. Eran preguntas tan válidas como inquietantes.

–¿Y si me niego a obedecerte? –replicó.

Zafir se encogió de hombros.

–Niégate todo lo que quieras, pero te quedarás aquí. Por lo menos, hasta que des a luz –insistió–. Lo que hagas después no es asunto mío. Si quieres volver a tu maravillosa vida, vuelve... Mi hijo tendrá todo lo que necesita, excepto una madre. ¿Y quién sabe? Puede que esté mejor sin una madre tan traicionera como tú.

Ella tragó saliva y apretó los puños porque sintió el deseo de lanzarse contra él y estrangularlo. En cambio, Zafir se quedó tan tranquilo como si no pasara nada en absoluto. No se parecía nada al hombre que había conocido en Nueva York.

—Haces esto para castigarme.

—No me has dejado otra opción. Te ibas sin decirme nada —insistió—. Pero estoy siendo generoso. Te estoy dando la oportunidad de quedarte con el bebé.

—Eso no es una oportunidad, sino un chantaje.

—No, en absoluto. Mi decisión habría sido la misma si hubieras venido a mí y me lo hubieras contado. La única diferencia es que nuestro hijo habría tenido entonces un padre y una madre que se querrían y se respetarían. Si me lo hubieras dicho, habrías sido mi igual. Sin embargo, ahora no puedes ser nada más que una niñera muy bien pagada, por así decirlo. Has perdido mi confianza.

Lauren sintió pánico. Quería resistirse a él, rechazarlo, odiarlo. Quería liberarse de los sentimientos que la mantenían presa. Pero no lo conseguía, así que dijo lo primero que se le pasó por la cabeza:

—Me desprecias. Lo veo en tus ojos.

Él se inclinó un poco más y susurró unas palabras a su oído.

—Yo también veo desprecio en los tuyos. Pero estoy seguro de que, si extendiera una mano y te acariciara, serías incapaz de resistirte a mí.

Ella no dijo nada. Desgraciadamente, Zafir estaba en lo cierto. Los pezones se le habían endurecido, y ardía en deseos de sentir su contacto.

–Esta vez voy a tomar lo que quiero, Lauren.

–¿Y qué es lo que quieres? ¿Una amante a tu entera disposición mientras te casas con una virginal princesa y conviertes a tu hijo en un peón de la política de tu país?

Él soltó una carcajada.

–Oh, vaya. Intentas convertirme en un monstruo para justificar tus actos.

–Está vez no me entregaré a ti con tanta facilidad, Zafir.

Zafir le puso una mano en la nuca.

–Te aseguro que te rendirás a mí por tu propia voluntad, y que disfrutaré hasta el último segundo que te arranque.

Lauren quiso gritar, pero dijo:

–¿Y qué pasará después?

Él retrocedió.

–Bueno, supongo que la pasión que nos une se apagará con el paso del tiempo. Cuando eso suceda, serás la mujer que dio un hijo al soberano de Behraat y una examante que languidecerá en algún lugar de palacio.

Días después, Zafir seguía tan desconcentrado que apenas podía trabajar. Había salido del avión a toda prisa, porque estaba seguro de que, si se quedaba más tiempo con ella, la habría tomado allí mismo.

«El niño es tuyo».

Por muy despreciable que fuera su intento de marchase sin decirle nada, Zafir sabía que le había dicho la verdad. Y, cuando tuvo ocasión de sopesar las cosas, llegó a una conclusión que empeoró su ya maltrecho estado: si no se casaba con Lauren, el niño sería un hijo natural y tendría en su contra a la conservadora aristocracia, que lo despreciaría igual que lo había despreciado a él durante años.

Una mañana, abrió la carpeta que Farrah le había dado y echó un vistazo al informe médico de Lauren. Era consciente de que ella lo odiaría si se veía obligada a quedarse, y también lo era de que odiaría las costumbres y tradiciones del país, con la pérdida de libertad y los sacrificios que conllevaban. Además, no se acostumbraría a ser un personaje secundario, limitado a los confines de ser su esposa y la madre de su hijo.

Lauren era mujer que daba mucho y exigía mucho.

Sin embargo, estaba encantado con la idea de casarse con ella, conquistar su fuerte e irritante voluntad y explorar su cuerpo día tras día y noche tras noche. Extrañaba su carácter apasionado, tan parecido al suyo.

Pero había un problema.

Él ya no era simplemente Zafir. Se había convertido en Zafir Al Masood, soberano de Behraat. Y el Consejo, que ya desconfiaba de su capacidad para gobernar, se pondría en su contra si intentaba casarse con una mujer como Lauren.

Desesperado, alcanzó el sello de oro de la Casa Real, que había pertenecido a varias generaciones de familiares suyos, y lo lanzó contra la pared.

No quería que Lauren se encontrara en la misma

situación que su madre, convertida en amante de un rey porque no tenía las características adecuadas para ser su esposa. Pero, ¿qué podía hacer?

Zafir se sintió profundamente impotente. Era soberano de un país, y su vida no le pertenecía. Nunca le había pertenecido.

Capítulo 6

LAUREN no lo volvió a ver hasta tres semanas más tarde. Ya ni se acordaba de cómo había regresado a palacio, pero recordaba las duras palabras de Zafir y, sobre todo, lo mucho que lo deseaba.

Si hubiera tenido algo que hacer, no se habría sentido tan vacía; pero no pudo ni llamar al hospital para pedir una excedencia, porque el sumamente eficaz departamento administrativo de la Casa Real se le adelantó. Estaba mano sobre mano, convertida en una presa. Y aun así, la mimaban todo el tiempo.

Nunca había recibido mejor trato.

Había una mujer cuya principal ocupación consistía en ayudarla a bañarse, hecho que había descubierto cuando dicha mujer entró un día en el cuarto de baño sin avisar. También tenía un cocinero personal, una nutricionista que se interesaba todas las mañanas por su apetito, un profesor de yoga y, por supuesto, un médico: la doctora Farrah, quien la examinaba todas las noches.

Lauren era consciente de que su hijo iba a crecer en un país árabe, así que aprovechó el tiempo y empezó a estudiar el idioma. No había aprendido gran cosa, pero ya entendía lo suficiente como para darse cuenta de que los atentos empleados sabían de que iba a ser madre.

Sin embargo, no estaban seguros de que Zafir se fuera a casar con ella. Algunos opinaban que el soberano de Behraat no se casaría nunca con una occidental, y otros creían que solo la quería de amante.

«Esta vez voy a tomar lo que quiero».

Las palabras de Zafir la tentaban cada noche en la oscuridad, cada vez que yacía en la lujosa cama. El deseo impedía entonces que se mintiera a sí misma. Sabía que, si él entraba en la habitación y se desnudaba, ella haría lo que fuera por volver a sentir el contacto de sus fuertes manos y hacerle el amor.

Pero Lauren también estaba inquieta por otra cosa: por el destello de dolor que había visto en sus ojos.

Por desgracia, los empleados de Zafir no eran precisamente comunicativos, y la única persona a quien podía sacar alguna información era la doctora Farrah, quien contestaba a sus preguntas con poco más que monosílabos. Sin embargo, decidió probar suerte. Y cuando llegó la hora del examen nocturno diario, dijo:

–¿Cuánto tiempo va a estar enfadada conmigo?

La doctora, que le estaba tomando el pulso, suspiró.

–No estoy enfadada con usted, sino conmigo. He fallado a Su Alteza. Nos conocemos desde niños, y debería haber sabido que... –Farrah se detuvo un momento y la miró, sopesando las palabras que iba a pronunciar–. Nunca lo había visto así. Los empleados de palacio tienen miedo de mirarlo a los ojos, y algunos no se atreven a estar con él en la misma habitación. Ni el propio Arif sabe qué hacer.

Lauren sintió una perversa satisfacción al saber que el viejo Arif lo estaba pasando mal. A fin de cuentas, era él quien había descubierto lo de su embarazo y se lo había dicho a Zafir.

—Me alegro mucho. Así sabrán lo estúpido que puede llegar a ser su querido soberano.

Lejos de enfadarse con ella, Farrah sonrió. Y Lauren se sintió mejor, porque respetaba mucho a la franca y sincera doctora.

—Debería hablar con él. Aliviaría la tensión que hay entre ustedes y, de paso, también la de la plantilla.

—Ya, pero ¿cómo? –dijo con frustración–. No puedo hablar con él cuando ni siquiera quiere verme. Dice que le interesa el bienestar del bebé, pero no se ha pasado ni un solo día a preguntar por mi embarazo.

—Yo le informo todas las noches, y tengo orden de avisarlo inmediatamente si usted se encuentra mal.

—Ah...

Tras unos segundos de silencio, Lauren preguntó:

—¿Me ayudaría a llegar a su suite? ¿Hablaría con los guardias para que me dejen pasar?

Farrah sacudió la cabeza.

—Eso está prohibido. Por no mencionar que sería escandaloso.

—¿Más escandaloso que estar alojada a pocos metros del soberano de Behraat? ¿Más escandaloso que ser el juguete sexual del rey, como cree la gente?

Lauren lo dijo con ironía, porque era cualquier cosa menos un juguete sexual. A pesar de sus amenazas, Zafir se mantenía irritantemente alejado de ella.

—Nadie que la haya visto en compañía de Su Alteza llegaría a semejante conclusión –declaró la doctora–.

Pero, por si le sirve de algo, le diré que no es de la clase de hombres que toman a una mujer contra su voluntad. El Zafir que yo conozco no se parece nada a Tariq. Especialmente, en lo tocante a las mujeres.

Lauren no estaba tan segura de que la afirmación de Farrah fuera aplicable a su caso. A fin de cuentas, ella no era como el resto de las mujeres. Había mentido a Zafir. Le había ocultado que estaba embarazada de él y había intentado huir a Nueva York.

Pero, ¿por qué lo había hecho? ¿Por el bienestar de su hijo, como se había dicho a sí misma? ¿O por despecho y celos, como decía Zafir?

¿Tendría razón él?

Cuando Farrah se fue, Lauren se sentó en el sofá y reflexionó sobre lo sucedido. Al cabo de un rato, llegó a la conclusión de que debía hablar con él e intentar convencerlo de que nunca había pretendido quitarle a su hijo.

Tenía que tragarse sus inseguridades y aceptar que Zafir iba a formar parte de la vida del pequeño.

Aunque no quisiera volver a verlo en toda su vida.

Esa misma noche, Lauren salió a pasear por los jardines de palacio, separados del mundo exterior por un muro de cuatro metros de altura. Como de costumbre, la siguieron dos guardias a poca distancia. Farrah había intentado convencerla de que estaban allí para protegerla, pero ella sabía que estaban allí para vigilarla.

Cuando volvió a la suite, se llevó una sorpresa monumental. Zafir estaba en el sofá, con la cabeza echada hacia atrás y los ojos cerrados.

Al verlo, Lauren intentó pegar un portazo, pero no lo consiguió porque las puertas dobles pesaban una tonelada. Su corazón latía súbitamente con un desenfreno cuyo origen no estaba en la indignación, sino en el deseo. La camisa blanca de Zafir enfatizaba el moreno de su piel, y sus largas piernas, que había estirado, le hicieron pensar en cosas en las que habría preferido no pensar.

Cuanto más lo veía en su elemento, más se preguntaba cómo era posible que se sintiera atraído por ella.

Y no es que no fuera atractiva. Lo era. Pero Zafir estaba en otra división. Tenía una belleza magníficamente masculina y brutalmente sensual, como si lo hubieran moldeado las arenas del desierto de su país. Irradiaba energía en cualquier situación. Incluso estando así, medio dormido.

—Ah, ya has llegado... —dijo él de repente.

—¿Qué haces aquí? Empezaba a pensar que te habías olvidado de mí.

Lauren se sirvió un vaso de agua con manos temblorosas, esperando que su frescor aliviara el calor que sentía; un calor que no tenía nada que ver con el clima. Sin embargo, Zafir arruinó su intento con una mirada de arriba abajo que la desequilibró un poco más.

—Vaya, Farrah tenía razón. Me has echado de menos —afirmó—. De haber sabido que tenías tantas ganas de verme, habría venido antes.

Ella buscó una réplica hiriente, pero se quedó boquiabierta, incapaz de hablar. Lo deseaba con toda su alma.

Nerviosa, caminó hacia el sillón de enfrente para estar lejos de él. Era tan consciente de su propio cuerpo y estaba tan incómoda con ello que tiró hacia abajo del borde de su blusa, para intentar taparse más. Pero fue un error, porque solo consiguió que Zafir volviera a clavar la vista en sus senos y se levantara de golpe.

Lauren retrocedió, asustada.

–¿Qué hacías en los jardines? –preguntó él.

Ella no dijo nada.

–¿No vas a hablar? ¿No me vas a dar ninguna contestación de las tuyas? –insistió.

Lauren tuvo la sensación de que estaba buscando pelea o algo más peligroso, a tenor de su dulce tono de voz.

–He salido a dar un paseo porque tenía calor –respondió al fin–. Pero empiezo a estar harta de tus guardias. No se atreven ni a mirarme, aunque yo diría que están tan disgustados como fascinados por mi presencia en palacio.

Zafir arqueó una ceja.

–No me extraña, la verdad. Todo el mundo está fascinado contigo o tramando algo para usarte en mi contra.

–¿Para usarme? ¿Insinúas que estoy en peligro?

Zafir la miró a los ojos.

–No lo insinúo, lo afirmo. Pero el único peligro que corres soy yo.

Ella sacudió la cabeza.

–Zafir, no puedo seguir en esta situación. Por mucho que quiera a nuestro hijo, no soportaré una vida de encierro. Necesito hacer algo.

–Pues tendrás que acostumbrarte, porque el papel de madre es el único que vas a representar.

Lauren tragó saliva. La afirmación de Zafir parecía indicar que ni siquiera la quería como amante.

–Corrígeme si me equivoco, pero yo no tenía que estar en Behraat, ¿verdad? No debía descubrir tu verdadera identidad y, desde luego, tampoco debía quedarme embarazada –dijo, mirándose las manos.

–No, no debías –replicó con tranquilidad, sin amargura ni recriminación–. Me volviste loco cuando me devoraste aquella noche con tus grandes ojos, pero yo tenía la situación bajo control. Y también la tenía a la mañana siguiente, cuando te besé. Y la noche siguiente, cuando fui a tu apartamento y me invitaste a entrar. Y todas las veces que volví a ti, a sabiendas de que me estarías esperando.

–Pero ya no te espero. Será mejor que lo asumas.

–Bueno, si quieres creer que me odias, allá tú. –Zafir echó la cabeza hacia atrás y volvió a cerrar los ojos–. Solo te pido que no me claves el cuchillo que está junto al frutero. Behraat se hundiría en el caos.

–De acuerdo. Intentaré controlar mis impulsos asesinos –ironizó.

Lauren se preguntó qué estaba haciendo allí. Tenía todo un palacio a su disposición y, sin embargo, elegía su suite para echarse una cabezadita.

Suspiró y se levantó del sillón para alejarse, pero él se echó hacia delante y la tomó de la muñeca.

–Quédate –dijo.

–¿Por qué?

–Porque me gusta tenerte cerca. Me gustan los latidos acelerados de tu corazón, tu nerviosismo disimulado, tu cabeza que dice *no* mientras tu cuerpo dice *sí* y el hecho evidente de que siempre te estás preguntando si te tocaré o no te tocaré, si te besaré o no te besaré, si te rendirás por fin a mis encantos –contestó–. Lo encuentro de lo más relajante.

Ella soltó una carcajada.

–Eres un sádico, Zafir.

–Quizá.

–¿Por eso estás aquí? ¿La idea de tener cautiva a una embarazada indefensa te excita tanto que te has ido a dormir a sus habitaciones?

Esta vez fue él quien rompió a reír. Pero su risa no sorprendió tanto a Lauren como lo que hizo ella misma a continuación, sin darse cuenta: estirar un brazo y apartar un oscuro mechón de su frente.

–Tienes mal aspecto –dijo, desconcertada con su propia actitud–. ¿Es que el mundo se niega a obedecer al magnífico y poderoso soberano?

Zafir abrió lentamente los ojos, la observó durante unos momentos y, por último, soltó un suspiro.

–No, no se trata de eso. Es que llevo dos días sin dormir, pegado a la cama de mi comatoso padre porque los médicos dicen que ha movido un dedo.

Lauren se quedó atónita.

Zafir estaba angustiado, y había ido a ella en busca de consuelo.

Su mente intentó analizar todas y cada una de las posibles conclusiones derivadas de aquel hecho. Zafir la necesitaba. Y por mucho que desconfiara de él, su curiosidad se impuso.

–¿Tu padre está en coma?

–Pensé que lo sabías. No es precisamente un secreto de Estado –respondió–. Todos los meses, los médicos me dicen que Rashid está a punto de recuperar la consciencia, así que voy a su habitación y le digo que mi hermano ha muerto con la esperanza de que deje de aferrarse a la vida y nos libre a los dos de esta desgracia.

Lauren se acordó de lo que le había dicho en cierta ocasión: «Soy quien ordenó el arresto de mi hermano para acceder al trono y celebré la victoria ante su lecho de muerte».

¿Cómo era posible que hubiera estado tan ciega? Se había dejado dominar por la arrogancia y la inseguridad, sin darse cuenta de que ella no era el centro del mundo de Zafir. Su padre estaba en coma, su hermano había muerto y él había ascendido al trono en mitad de una crisis nacional. No era una situación envidiable.

–Lo siento –acertó a decir.

–¿A qué te refieres?

–A la muerte de tu hermano, por supuesto.

–Te recuerdo que emití una orden de arresto contra él. Y, si no se hubiera estrellado en aquel helicóptero, lo habría detenido y habría ordenado que lo fusilaran.

Lauren guardó silencio.

–Si Tariq estuviera aquí ahora mismo, sacaría una pistola y le pegaría un tiro por lo que hizo a Behraat –prosiguió–. ¿Aún sientes lástima de mí?

Ella se llevó una mano al estómago y se lo acarició, más por tranquilizar a Zafir que por tranquilizarse a sí misma.

–No, siento lástima de los dos. Me estaba preguntando cómo explicaremos a nuestro hijo que sus padres son un par de descerebrados. Una paranoica que no confía en nadie y un obseso del control que quiere asesinar a sus propios familiares.

Él sonrió y dijo con sorna:

—Ese pobre chico no tendrá nunca una situación de normalidad.

Lauren volvió a reír. Por muy mal que se llevaran, tenían algo en común: su hijo. Y le pareció tan hermoso como triste a la vez.

—Bueno, yo diría que la normalidad está sobrevalorada —replicó.

Zafir la miró con humor.

—¿Puedo hacer algo por ti? —continuó ella.

—Si no te importa, me vendría bien un masaje. Me duele el cuello.

Lauren pensó que, la última vez que le había dado un masaje, se habían olvidado de la película que estaban viendo y de la pizza que habían comprado. Si cometía el error de concederle ese deseo, acabarían haciendo el amor.

—Búscate una masajista en otra parte. Supongo que Behraat estará abarrotada de mujeres ansiosas por satisfacer a Su Alteza.

Zafir sonrió una vez más. Tenía el pelo revuelto, y un aire de rebeldía y despreocupación. Pero Lauren no se dejó engañar por las apariencias. Cuanto más lo conocía, más segura estaba de que no debían repetir el error de Nueva York.

—Sí, eso es verdad. La semana pasada recibí dos propuestas de matrimonio, y las dos de padres que quieren casar a sus bellas y jóvenes hijas con el soberano de Behraat. Es el sueño de cualquier hombre.

Ella lo miró a los ojos.

–Me alegro por ti, Zafir.

–¿Lo dices en serio?

–Claro que sí. Te puedes acostar con quien quieras y hacer lo que quieras. ¿Qué más se puede pedir? Mujeres dispuestas a satisfacer tu deseo en cualquier momento y a salir de escena sin protestar cuando te canses de ellas. Pero, si tienes tantas ofertas como afirmas, ¿por qué no me dejas en paz?

Él se levantó rápidamente, se apretó contra ella y le metió una pierna entre los muslos. Luego, le pasó una mano por el pelo y le frotó los hombros con suavidad.

Lauren se excitó al instante.

–Buena pregunta –contestó–. No voy a negar que mi vida sería más fácil si aceptara esas ofertas. Pero te quiero a ti, la única mujer a quien no debería desear. Y como los miembros del Consejo lo saben, tienen miedo.

–¿De qué?

–De que me hayas hechizado –contestó.

Lauren cerró los ojos e intentó encontrar las fuerzas necesarias para resistirse a él, pero no las encontró. El recuerdo de sus noches de amor era demasiado intenso. Su deseo era demasiado abrumador.

Sin darse cuenta de lo que hacía, bajó la vista y la clavó entre las piernas de Zafir, anhelando la erección que había notado.

–Me has dejado completamente sola durante tres largas semanas. Y, cuando las cosas se tuercen, vienes a mí como hacías en Nueva York –dijo–. ¿Por quién me has tomado? ¿Por una profesional del sexo a quien pagas para que cubra tus necesidades? ¿O soy más bien como el chute de un yonqui, una especie de droga?

–¿Un chute? No te subestimes tanto.

Ella se encogió de hombros.

–Es lo que me haces sentir.

Zafir la agarró de los brazos y la obligó a mirarlo a los ojos.

–Sí, es verdad que, cada vez que me enteraba de una de las atrocidades de Tariq, cada vez que dominaba la indignación y el dolor por no poder liberar a mi país de ese tirano, cada vez que pensaba en mi padre a punto de morir, iba a ti y... me perdía en ti hasta que volvía a recuperar el control de mis emociones y me tranquilizaba –le confesó con vehemencia–. Pero no me ha salido barato.

–Zafir, yo...

Súbitamente, él llevó las manos a su trasero, la levantó y la instó a cerrar las piernas alrededor de su cintura. La fina tela de los leotardos de Lauren no pudo evitar que sintiera la erección de Zafir contra su sexo.

Ya no se podía resistir. Su fuerza de voluntad había desaparecido.

A pesar de ello, si Zafir hubiera intentado acelerar las cosas, si la hubiera acariciado para conseguir la respuesta que quería, Lauren podría haber recuperado el control de algún modo. Pero se limitó a mirarla y a pronunciar unas palabras que la dejaron indefensa, porque eran muy parecidas a un ruego:

–No nos niegues esto, Lauren.

Ella entreabrió los labios, invitándolo a besarla. Él asaltó su boca con pasión y susurró palabras que Lauren no pudo entender. Estaba demasiado excitada. Se frotaba contra él por instinto, empujada por el placer que ardía entre sus piernas. Y entonces, Zafir cerró una mano sobre uno de sus senos y le acarició el pezón.

Temblorosa, Lauren hundió las manos en su pelo y se aferró a su cuerpo como si fuera una tabla de salvación.

—Oh, llevo tanto tiempo esperando este día, *habibti*...

Zafir lo dijo contra el valle de sus pechos, frotando sus brazos con suavidad. Pero después, metió una mano por debajo de su blusa, acarició su ya no tan liso estómago y ascendió hasta sus ansiosos pechos.

—Tu cuerpo ha cambiado —afirmó él, devorándola con los ojos.

Asustada ante lo que estaba a punto de pasar, Lauren se apartó tan bruscamente de él que cayó al suelo y se dio un golpe en la cabeza, contra una mesita. Luego, se incorporó como pudo y retrocedió. Tenía miedo de que la alcanzara y no se pudiera defender; miedo de dejarse llevar por el deseo una vez más y de que un día, cuando se cansara de ella, la rechazara.

Ya había ocurrido, y no estaba dispuesta a pasar por eso.

Pero, por otra parte, no podía negar que lo deseaba tanto como él.

¿Qué debía hacer? Era como estar en mitad de una batalla, con una granada en la mano, sin saber si debía lanzarla o rendirse.

Y decidió rendirse.

Sin embargo, también decidió otra cosa: que su rendición no le saldría gratis a Zafir.

De hecho, le iba a salir muy cara.

Zafir pensó que su obsesión con Lauren empezaba a ser peligrosa. Su aroma lo envolvía como una red, dominando sus sentidos y eliminando cualquier atisbo de racionalidad.

Su boca era tan tentadora que habría hecho lo que fuera con tal de besarla. Sus pechos subían y bajaban, y su esbelto cuerpo temblaba de emoción. Era un animal acorralado, pero también un animal desafiante.

Solo quería penetrarla y escapar de la furia y el dolor que había sentido al estar junto al lecho de su padre.

No quería nada más.

En ese momento, no le interesaban ni la política ni los juegos de poder. No tenía más interés que aquella criatura sensual que había abierto una grieta en el muro de su soledad y había visto al verdadero Zafir.

–Ven aquí, Lauren. Quiero asegurarme de que no te has hecho daño.

Lauren le lanzó una mirada intensa. Su actitud había cambiado de repente, pero Zafir no fue consciente del alcance de ese cambio hasta que ella se llevó las manos a la blusa, se la desabrochó y la dejó caer, exponiendo las curvas de sus grandes senos, cuyos pezones se adivinaban bajo el blanco sostén.

–No es necesario que finjas preocupación, Zafir. Y tampoco es necesario que me sigas persiguiendo –dijo con suavidad–. Me rindo.

Él apartó la vista de sus senos y la clavó en sus ojos. No sabía por qué, pero las palabras de Lauren hicieron que se sintiera como si le hubieran arrojado un jarro de agua fría.

–Tú ganas –insistió ella.

Zafir se empezó a enfadar. No la quería de ese modo. No quería un botín de guerra.

–¿De qué demonios estás hablando? –preguntó, acorralándola.

Ella se llevó las manos al borde de la falda.

–¿Prefieres que me duche antes de darte satisfacción? ¿O lo hacemos ahora mismo? –preguntó–. ¿Deseas que lo hagamos aquí? ¿O en la cama?

Zafir se quedó sin aire, como si le hubieran dado un puñetazo en la boca del estómago.

–Basta, Lauren.

–No. Esto es lo que querías. Esta es la mujer en la que me has convertido –replicó–. Me encerraste en tu palacio, rompiste mis lazos con el exterior y me dejaste sola, preguntándome si volvería a verte alguna vez y qué lugar tendría mi hijo en tu mundo.

–¿Qué lugar? Tendrá el lugar de mi amor –respondió él–. Porque, tanto si es niño como si es niña, lo querré más que a nada ni a nadie.

Lauren se quedó momentáneamente desconcertada, aunque se recuperó con rapidez.

–Y, sin embargo, desprecias a su madre y la tratas como si fuera un objeto de usar y tirar –dijo ella.

–Eso no es cierto.

–Lo es –enfatizó–. Sé que te oculté la verdad, y comprendo que estés enfadado conmigo. Pero siempre has pensado que solo sirvo para hacer el amor.

–Lauren, yo...

–No te preocupes, no me parece mal –lo interrumpió–. Si soy lo que crees que soy, será mejor que lo asumamos y obremos en consecuencia. ¿Cómo quieres que me ponga? ¿Me tumbo? ¿O me prefieres arriba? Aunque también me puedo poder de rodillas, por supuesto.

Zafir frunció el ceño.

–Vístete, por favor.

Lauren no le obedeció, así que él tomó un chal de terciopelo y se lo puso encima de los hombros.

Al sentir el contacto de sus dedos, ella se estremeció y se puso tan tensa como la cuerda de un arco. Sin embargo, estaba decidida a luchar contra el hombre al que deseaba y contra su propio deseo.

Zafir se dio cuenta de lo que pasaba. Y justo entonces, comprendió lo que debía de haber sentido su madre cuando Rashid Al Masood, temeroso de lo que su familia y su clan pudieran pensar si se casaba con ella, la limitó al papel de amante y despreció a su propio hijo, convirtiéndolo en huérfano.

Pero él no era como su padre. Él no destruiría la vida de Lauren por el simple hecho de desear algo que no podía tener.

–Comprendo –dijo.

Un segundo después, dio media vuelta y se marchó.

Capítulo 7

Soporta el confinamiento hasta que des a luz y pueda garantizar tu seguridad. Ya hablaremos de eso. Pero no renunciaré a mi hijo.

Zafir

Lauren leyó por enésima vez la nota que llevaba el sello de la Casa Real. Había pasado una semana desde que se quitó de encima a Zafir y se ahorró el destino de convertirse en su amante. Pero, si ese destino era tan terrible, ¿por qué lo echaba de menos? ¿Y por qué tenía miedo de haberlo perdido definitivamente?

Fuera como fuera, Zafir había cambiado de actitud, como demostró cuando le dio permiso para visitar el famoso bazar de Behraat. Pero ella pensaba que la acompañaría, y se llevó un disgusto cuando comprendió que no la iba a acompañar.

En lugar de quedarse en palacio, Lauren salió con una doncella y tres guardias y disfrutó de un polvoriento, abarrotado, tórrido y glorioso espectáculo sensorial de olores y sonidos. No había visto nada igual. Puestos y tiendas de todos los colores, donde se vendían desde pañuelos hasta antigüedades, pasando por granizados de menta, entre edificios y monumentos con siglos de historia.

Le habría encantado que Zafir hubiera estado allí, enseñándole la ciudad y riéndose de ella cuando se negaba a probar algún alimento que desconocía.

En determinado momento, vio un brazalete de plata que le gustaba y preguntó por el precio. Cinco minutos después, seguía regateando. El dueño la había tomado por una simple turista, y era obvio que intentaba estafarla. Pero Ahmed, el más joven y agradable de los guardias, intervino en su defensa.

Cuando el vendedor y la gente que estaba en el puesto se dieron cuenta de que no era una extranjera corriente, sino la amante de su soberano, se hizo un silencio mortal. Algunos la miraban con pena; otros, con odio. Y Lauren supo entonces que Zafir había sido sincero con ella: la mantenía en palacio por su propia seguridad.

Ese fue el motivo de que no se indignara al recibir su nota. Ahora era más consciente de la situación. Pero también tenía más dudas sobre lo que había hecho.

Resignada, volvió a leer las palabras de Zafir. Y un segundo después, apareció Farrah.

Al ver su gesto de preocupación, preguntó:

—¿Qué ocurre?

—Nada, es un problema de carácter profesional. Tengo dos mujeres a punto de dar a luz. Una es de familia importante, y me han pedido que vaya a su casa. La otra es de un pueblo cercano y, aunque su marido ha tenido el buen juicio de llevarla a la clínica de las afueras, se niega a que la atienda un hombre.

—Oh, vaya.

La doctora sacó un teléfono y habló con alguien en árabe.

–¿Ha habido suerte? –preguntó Lauren cuando colgó.

Farrah sacudió la cabeza.

—Me temo que no.

—Bueno, yo me encargaré de la mujer del pueblo.

—No, Su Alteza no lo permitiría. Y ni siquiera se lo puedo consultar, porque se fue esta mañana a los Estados Unidos.

—Eso es absurdo. Estamos hablando de una mujer que necesita ayuda médica. ¿Va a permitir que su miedo a Zafir la ponga en peligro? Le pediré a Ahmed que me acompañe y, con un poco de suerte, estaremos de vuelta por la mañana.

—No sé...

—Vamos, Farrah. Si me quedo aquí sin hacer nada, me sentiré terriblemente culpable.

—¿Tiene experiencia en partos?

—Por supuesto que sí.

Farrah suspiró.

—Está bien. Pero, por favor, tenga cuidado. Y no me refiero a la mujer, cuyo embarazo no ha tenido ninguna complicación hasta el momento, sino a la cabila a la que pertenece. No se consideran parte de Behraat. Y el esposo ha desafiado las leyes de su clan al llevarla a la clínica.

—Eso no significa que no merezcan atención médica.

Farrah sonrió.

—No, claro que no, pero tenga cuidado –insistió–. Su Alteza me mataría si le pasara algo... En fin, iré a la clínica en cuanto termine.

Lauren asintió. Por primera vez en muchas semanas, se sentía útil.

Mientras Farrah hacía otra llamada, Lauren guardó varias botellas de agua y un jersey fino en su mochila. Después, se puso una túnica blanca y unos pantalones del mismo color, se recogió el pelo y se lo tapó con un pañuelo de seda.

Farrah la miró con curiosidad.

–Es que no quiero llamar la atención –explicó Lauren, quien se llevó una mano al estómago–. ¿Se nota mucho que estoy embarazada?

–Sí –contestó sin dudarlo–. Pero, embarazada o no, no me extraña que Su Alteza esté loco por usted.

Lauren se sintió inmensamente halagada.

Minutos más tarde, salieron de la suite y tomaron un lujoso ascensor que las bajó al aparcamiento subterráneo, donde las estaba esperando un hombre uniformado que las llevó a un todoterreno.

Antes de despedirse de Farrah, Lauren miró el teléfono para asegurarse de haber recibido el historial médico de la embarazada, que la doctora le acababa de enviar.

«No me extraña que Su Alteza esté loco por usted».

Las palabras de su única amiga en Behraat resonaron en su mente cuando subió al vehículo y se pusieron en marcha.

Zafir cerró la puerta de su despacho. Había tenido que volar a Washington para discutir los términos de un nuevo tratado comercial, y estaba completamente agotado. Tariq había estropeado tantas cosas durante su gobierno y se había buscado tantos enemigos que todo el mundo desconfiaba de Behraat. Y, durante unos momentos, Zafir había coqueteado con la idea de quedarse en los Estados Unidos.

Pero solo había sido eso, un momento de debilidad.

Ahora estaba de vuelta, y no tenía más remedio que elegir entre las pretendientes que el Consejo consideraba adecuadas para casarse con él. Su país necesitaba estabilidad. Pero Zafir solo pensaba en Lauren.

Segundos más tarde, alguien llamó a la puerta. Eran Farrah y Arif, y los dos parecían muy preocupados.

—Lauren ha sido secuestrada —anunció la doctora.

—¿Cómo? —dijo Zafir, atónito.

—La joven convenció a Farrah de que le permitiera atender a una mujer del clan dahab que estaba a punto de dar a luz —intervino Arif—. Farrah no podía ir porque tenía que atender a otra.

A Zafir se le encogió el corazón.

—¿Y? —preguntó bruscamente.

—Cuando llegué a la clínica... —empezó a decir Farrah, nerviosa—. Bueno, nadie sabía dónde estaba. De hecho, habían desaparecido todos. Lauren, la embarazada, el bebé, el marido y hasta el propio Ahmed.

—¿Cuándo fue eso?

—Hace tres días.

Zafir soltó un gruñido y se levantó con tanta fuerza que el sillón donde estaba golpeó la mesa y derribó un florero y la fotografía de Rashid.

Farrah dio un paso adelante.

—Lo siento muchísimo —dijo.

—He enviado un mensaje a los dahab —le informó Arif—, pero han hecho caso omiso. Mis informadores me han dicho que están en el desierto, viajando hacia el este.

Zafir se preguntó si la habrían secuestrado porque estaba embarazada de él. Los dahab no estaban interesados en los problemas del resto del mundo, pero odiaban a los Al Masood porque Rashid se había enemistado con ellos y Tariq los había perseguido cruelmente.

En su ira, habría sido capaz de hablar con las Fuerzas Especiales de Behraat y ordenarles que enviaran un comando para rescatar a Lauren. Pero no podía hacer eso. En primer lugar, porque la vida de Lauren estaba en peligro y en segundo, porque los dahab no lo perdonarían nunca si les echaba encima al ejército.

Tenía que encontrar una solución pacífica.

—Encárgate de que me preparen un transporte —ordenó a su viejo amigo—. Iré solo. Pero, si le han hecho algún daño, se arrepentirán.

Lauren se despertó al oír un ruido. Cuando el jefe del clan le pidió que los acompañara, le aseguró que estaría a salvo con ellos y que nadie le haría daño, cosa que había cumplido; pero no estaba acostumbraba a vivir en una jaima, y se asustaba cada vez que llegaba la noche y el interior se quedaba a oscuras.

Brevemente desconcertada, se giró hacia la cortina de seda que separaba la cama del resto de la jaima y parpadeó. Había un hombre al otro lado; un hombre de cabello negro y camisa blanca que habría reconocido en cualquier lugar; un hombre inmensamente atractivo que, tras apartar la fina tela que los separaba, avanzó hacia ella y la abrazó con pasión.

–Oh, Zafir...

Tras unos segundos de caricias, él la miró a los ojos y dijo:

–Pareces cansada.

Ella asintió, aferrada a su cuerpo. Sabía que estaba cometiendo un error, pero necesitaba sentirlo, aunque solo fuera un minuto.

Sin embargo, Zafir la soltó antes de que se cumpliera ese plazo.

–Recoge tus cosas. Nos vamos.

Ella guardó sus escasas pertenencias en la mochila y lo acompañó al exterior. Ahmed los estaba esperando, extrañamente pálido. Lauren no lo había visto desde que llegaron al campamento, y tampoco había tenido noticias de Farrah.

Mientras Zafir hablaba con el jefe de la cabila, la mujer que había dado a luz se acercó a Lauren, le regaló un pañuelo de seda y la abrazó. A cierta distancia, se congregó un grupo de niños y adultos que sacudieron sus manos a modo de despedida. Pero el ambiente estaba cargado de desconfianza y animosidad, lo cual le llevó a preguntarse si había pasado algo que ella desconocía.

¿Habría metido en algún lío a Zafir?

Cuando Ahmed se acercó a ella y la llevó hacia el todoterreno, Lauren se giró hacia el hombre que ocupaba sus pensamientos.

–¿Podrías tener la cortesía de fingir que me obedeces? –preguntó Zafir, poniéndole una mano en la parte baja de la espalda–. Los dahab no son como nosotros, y se quedarían muy desconcertados si una mujer me faltara al respeto.

Ella asintió y, segundos después, subieron al vehículo.

Ya llevaban un rato en la carretera, que discurría entre dunas, cuando se dio cuenta de que no se dirigían a la capital.

–¿No vamos a la ciudad? –preguntó.

–No.

Lauren apartó la vista del escultural perfil de Zafir y cruzó las manos sobre el regazo.

Zafir se había llevado un buen susto cuando Farrah y Arif le dijeron que los dahab habían secuestrado a Lauren. Su temor desapareció dos minutos después de que entrara en la jaima donde se alojaba, pero el mal ya estaba hecho.

Cuando el jefe del clan oyó sus acusaciones, se ofendió y dijo que Rashid y él habían olvidado las raíces y las tradiciones del pueblo, la base cultural de los clanes del desierto. Y tenía razón. Se había dejado dominar por sus prejuicios, olvidando que los beduinos eran famosos por su hospitalidad, hasta el punto de que llegaban a ofrecer cobijo a sus propios enemigos si así se lo pedían.

«Nosotros tratamos a nuestras mujeres con respeto. Ni abusamos de ellas ni las hacemos prisioneras».

Mientras recordaba sus palabras, lanzó una mirada subrepticia a Lauren. El jefe de los dahab le había dicho que era fuerte, valiente y cariñosa, y había añadido que, si se casaba con ella, su clan haría las paces con el Estado y olvidaría lo que Rashid había hecho con una de sus mujeres, la madre de Zafir.

La aventura de Lauren podía haber terminado de forma desastrosa; pero, sin pretenderlo, le había dado la herramienta que necesitaba para cerrar las heridas del país. Ni el propio Consejo se atrevería a oponerse. Behraat volvería a ser una nación unida. Y solo tenía que casarse con la mujer que le iba a dar un hijo, con la mujer que deseaba.

Capítulo 8

UNA hora después de que se pusieran en marcha, Lauren cambió bruscamente de posición. Había apoyado la cabeza en el respaldo para dormir un poco, y ahora le dolía el cuello.

–¿Estás incómoda? –preguntó Zafir.

–No. Estoy bien.

La carretera había desaparecido, y ahora avanzaban por un desierto de cientos de dunas que se extendían hasta donde alcanzaba la vista. Lauren se quedó asombrada con la belleza del paisaje, y se sorprendió mucho más cuando se detuvieron en un frondoso oasis en el que alguien había instalado un campamento.

Su primera reacción fue sacar el móvil para hacer fotos, pero se acordó de que se había quedado sin batería.

–¿Me prestas tu teléfono? –dijo a Zafir.

–Por supuesto. Aunque es un poco tarde para pedir ayuda, ¿no crees?

Tras bajar del coche, Zafir la llevó al campamento. Lauren se dedicó a sacar fotografías de todo lo que había a su alrededor. Sabía que se estaba comportando como una vulgar turista, pero no lo podía evitar.

–No veo a nadie por aquí. ¿Es que estamos solos? –se interesó.

Él la miró con intensidad.

–No, en absoluto. Pero los criados están acostumbrados a pasar desapercibidos.

–¿Me podrías sacar una foto?

–¿Estás hablando en serio?

–Claro que sí –contestó–. Y no te preocupes, que no tengo intención de vender fotos de tu oasis a la prensa. No se las vendería ni por un millón de dólares.

Zafir le arrebató el teléfono con un movimiento rápido y, acto seguido, la invitó a entrar en una jaima enorme.

Fue una verdadera explosión de color. Rojos, dorados y morados intensos allá donde miraba; mesas de latón, farolillos y alfombras persas. La jaima estaba dividida en dos estancias, en una de las cuales habían servido platos de deliciosos aromas; pero la otra era un dormitorio con una cama gigantesca, llena de cojines, y ella se puso tensa en cuanto la vio.

–Me gusta mucho –dijo Lauren–. ¿Es tu jaima?

–Sí.

–Entonces, supongo que yo dormiré en otra...

Zafir no la sacó de dudas. Alcanzó un jarro de agua, le sirvió un vaso y se lo dio.

–Bebe un poco, o te deshidratarás.

Ella bebió sin rechistar y se sentó en el diván más alejado de Zafir, quien hizo ademán de acomodarse a su lado. Sin embargo, Lauren se tumbó para dejarlo sin sitio y él no tuvo más remedio que sentarse enfrente.

–¿Tienes hambre?

Lauren sacudió la cabeza.

–No, pero necesito una ducha y una buena noche de sueño. He estado atendiendo a Salma, la mujer que dio a luz, y he dormido muy poco.

–¿Por qué la tenías que atender tú? ¿Dónde estaban su madre y sus tías?

–Fuera. Bashir estaba continuamente en la jaima, y ellas no podían entrar.

–¿Quién es Bashir?

–Su marido. Salma perdió mucha sangre durante el parto, y él estaba decidido a ayudarla con el bebé –contestó–. Por lo visto, a las mujeres del campamento les parecía escandaloso que pasara tanto tiempo con ella cuando ella no podía cumplir con sus obligaciones habituales.

Zafir frunció el ceño.

–¿Sus obligaciones habituales? ¿A que te refieres?

–A sus obligaciones... maritales, por así decirlo.

–Ah.

–Creen que no es normal que un hombre se interese por una mujer si no puede acostarse con ella –le explicó–. Hasta Salma estaba incómoda al principio. Pero la convencí de que era importante que su esposo estableciera lazos con el bebé.

–¿Y por qué estaba incómoda? ¿Por lo del sexo?

–No, por dar el pecho delante de su esposo –contestó–. Le dije que tenía suerte de que Bashir la quisiera ayudar en lugar de estar jactándose por ahí de ser todo un semental.

–¿Le dijiste eso?

Ella sonrió.

–Sí, exactamente.

–Bueno, no todos los hombres se dedican a jactarse de esas cosas. Pienses lo que pienses de mí, no soy un fanfarrón.

–Eso es verdad. No eres de esa clase.

Él arqueó una ceja.

–¿Y de qué clase soy?

–Oh, vamos. Como si no lo supieras.

–No, por favor, dímelo. Me gustaría oírlo de tus labios.

–Tú no necesitas pavonearte. Exudas sensualidad, Zafir –declaró–. Cuando te conocí, yo llevaba mucho tiempo sin acostarme con nadie; pero me rendí a ti de inmediato. Hiciste que me sintiera la mujer más atractiva del mundo... como si yo fuera la única que podía romper tu coraza. Reconozco que fue un buen truco.

–No era un truco. Sintieras lo que sintieras, tendrías que multiplicarlo por diez para saber lo que yo sentía.

Zafir le apartó las piernas y se sentó junto a ella. El diván se hundió levemente, y ella se estremeció ante el escrutinio de sus ojos dorados.

–¿Qué vas a hacer cuando des a luz? ¿Vas a dar el pecho a nuestro hijo? ¿Lo vas a cuidar? ¿Hay algún tipo de clases a las que podamos asistir para aprender ese tipo de cosas?

Lauren pensó que no tenía derecho a interferir en la crianza del niño. No eran una pareja de enamorados. No eran nada parecido a una familia.

–Bueno, supongo que tendré un ejército de niñeras a mi disposición, ¿no? –replicó.

–Sí, por supuesto.

–Entonces, no será necesario que me ayudes –dijo con frialdad–. Estoy segura de que tendrás cosas más importantes que hacer.

Zafir la miró un momento y se levantó.

–Te enviaré una criada. Puedes lavarte en el oasis y descansar. ¿Hay algo más que necesites?

Ella sacudió la cabeza, y él se marchó.

Zafir la oyó tirarse al agua cuando estaba paseando por el oasis. No lo había visitado desde que descubrió la duplicidad de Rashid, aunque le gustaba mucho. De niño, se sentía orgulloso de que el soberano de Behraat lo llevara a ese lugar y le confiara asuntos de Estado a pesar de ser un simple huérfano. No podía imaginar que aquel hombre era su padre. Y, cuando lo descubrió, dejó de ir.

Ya no estaba orgulloso de nada. Solo estaba preocupado; especialmente, por la mujer que estaba chapoteando en la laguna. Imaginaba sus hombros, hundiéndose en las frescas y oscuras aguas; imaginaba sus piernas bajo la superficie y imaginaba sus manos, echándose el pelo mojado hacia atrás.

Pero, ¿sabía nadar?

Zafir aguzó el oído, y se tranquilizó al escuchar las suaves brazadas, que lo sacaron de dudas. El sol se estaba poniendo en el horizonte y el cielo se había teñido de rojo; pero la temperatura no bajaría hasta que cayera la noche.

Mientras caminaba, se puso a pensar en sus sentimientos. Se sentía responsable de Lauren, y no solo en lo tocante a su bienestar físico. Quería tomarla entre sus brazos. Quería decirle que la trataría bien. Quería devolverle le alegría. Quería verla cuando diera el pecho a su hijo por primera vez.

Estaba obsesionado con ella. Pero justo ahora, cuando sabía que su matrimonio era la clave de la estabilidad de Behraat y la única forma de conseguir el apoyo del Consejo, dudaba.

¿Por qué?

Sacó el teléfono móvil del bolsillo y marcó un número.

Estaba a punto de hacer algo que no tendría marcha atrás.

–¿Cómo te trataron los beduinos?

Lauren acababa de cenar cuando Zafir entró en la jaima y formuló esa pregunta.

–Muy bien. Me llevaban comida a intervalos regulares y me llamaban cuando Salma necesitaba atención.

–¿Te fuiste con ellos voluntariamente?

–Sí, claro. Salma había perdido mucha sangre. Y Ahmed estaba conmigo, así que acepté –dijo, frunciendo el ceño–. He estado pensando en eso. ¿Farrah no recibió su mensaje?

Él sacudió la cabeza.

–No recibimos ningún mensaje. Habías desaparecido, y no sabíamos nada de ti.

Ella palideció.

–No entiendo nada. ¿Por qué no te lo dijeron?

–Los dahab me odian, Lauren. Y tienen mucha influencia en el resto de los clanes –contestó Zafir–. Supieron de tu paradero y te llevaron con ellos para darme un tipo de mensaje muy diferente.

Lauren se había quedado perpleja. Había sido un

peón en un juego que desconocía. Y, sorprendentemente, Zafir se había preocupado por ella.

–¿Por qué te odian?

–Porque soy un símbolo de su desgracia y su vergüenza –respondió–. Mi madre era de su cabila, y desafió sus leyes para irse a vivir con mi padre, un hombre casado que no reconoció su paternidad. Desde entonces, han estado en contra del Estado.

–Comprendo...

–Durante veinte años, creí que era huérfano y que Rashid se había apiadado de mí. Y de repente, Tariq me empezó a odiar con toda su alma. Imagina mi desconcierto, teniendo en cuenta que éramos amigos desde la infancia.

–¿Es que descubrió la verdad?

Él asintió.

–Sí, pero yo no lo supe hasta que Tariq abusó tanto de su poder que acudieron a mí para sustituirlo.

Lauren frunció el ceño.

–¿Por eso estabas en Nueva York?

–En efecto. Tariq no quería que le arrebatara el poder, así que dejó a Rashid en coma, echó a la mitad del Consejo y me condenó al exilio bajo pena de muerte. Luego, atacó a los dahab una y otra vez y provocó revueltas que estuvieron a punto de terminar en una guerra civil –le explicó–. Yo estaba esperando el momento adecuado para volver.

–¿Y qué me dices de tu madre?

Zafir se encogió de hombros con tristeza.

–No me acuerdo de ella. No sé si llegué a conocerla. Por lo visto, cayó enferma poco después de dar a luz y murió al cabo de unos días –dijo–. Los dahab no me querían entre ellos, y mi padre habló con Arif para que dijera que yo era un huérfano que había encontrado en la calle.

–Oh, Dios mío. Y yo me he metido en medio sin darme cuenta.

–En efecto.

Lauren estaba horrorizada. El pobre Zafir había crecido sin conocer a su madre y sin saber que su padre era el hombre que, teóricamente, se había apiadado de él. Ahora entendía que fuera tan duro. La vida lo había tratado muy mal. Hasta ella lo había juzgado mal.

–¿Cómo lo iba a saber, Zafir? –dijo en su defensa–. ¿Cómo iba a saber que me estaba metiendo en un lío? Me trataste como si fuera tu prisionera, y ahora me tratas como si fuera una yegua de crianza. Pero eso tiene que cambiar. ¿No podemos ser amigos? ¿Aunque solo sea por el bien de nuestro bebé?

Él guardó silencio durante unos segundos y dijo:

–¿Una yegua de crianza?

–Bueno, quizás haya exagerado un poco.

–¿Crees que te considero una yegua? ¿Después de todo lo que te he contado?

Lauren se ruborizó.

–¿Y en qué lugar me deja eso a mí? –insistió él–. Si tú eres una yegua, ¿qué soy yo? ¿Un semental?

Zafir sonrió repentinamente, y su sonrisa era tan contagiosa que ella rompió a reír.

–No sé... –contestó–. Puede que seas mi semental árabe.

Él soltó una carcajada.

–En fin, supongo que me lo he buscado yo mismo –dijo entre risas.

Ella suspiró.

–Mira, sé que te he causado muchos problemas, pero...

–No te disculpes –la interrumpió–. Estoy dispuesto a aceptar que estabas mal informada y que tomaste una decisión equivocada por buenos motivos. Sin embargo, tienes que prometerme que no te volverás a arriesgar sin necesidad.

El tono dictatorial de Zafir molestó a Lauren. Pero había tomado la decisión de hacer lo que fuera mejor para el bebé, así que declaró:

–¿Eso es todo lo que Su Alteza está dispuesta concederme?

–El clima político de Behraat está cambiando. Te mantengo en palacio por tu propia seguridad, Lauren.

Ella quiso decir algo, y él alzó una mano para que le dejara hablar.

–No lo hago solo por nuestro hijo. No quiero que te hagan daño. Ni yo te lo haría nunca.

Lauren cruzó las manos sobre el regazo, asombrada por el afecto que subyacía en las palabras de Zafir.

–¿Y qué pasará cuando dé a luz? ¿Me estás diciendo que reconsiderarás nuestra situación?

–No será necesario.

–¿Qué significa eso?

En lugar de contestar, Zafir dijo:

–Ven aquí.

Ella supo que la quería tocar, y se levantó inmediatamente.

–No.

Zafir se puso en pie, y Lauren retrocedió.

–Empiezo a pensar que te gusta la idea de que te persiga y te capture. ¿Es una de tus fantasías sexuales?

Lauren se volvió a ruborizar. Había acertado de lleno. Efectivamente, era una de sus fantasías más comunes.

–Zafir, yo...

–¿Sí?

–No quiero pelearme contigo.

Zafir dio un paso adelante.

–No te preocupes, *habibti.* No nos pelearemos

–Y tampoco quiero que me toques. Si te acercas a mí, volveré a interpretar el papel de amante indolente que se deja hacer lo que sea sin interés alguno.

Él sonrió.

–Solo te he dicho que te acercaras. No quiero seducirte, sino ver cómo ha cambiado tu cuerpo con el embarazo.

–Y después, ¿podremos hablar? ¿Como adultos?

–Si quieres...

–Pero como adultos de verdad, que van a compartir una responsabilidad enorme y que jamás usarían a su hijo como arma arrojadiza.

Zafir se plantó ante ella, le acarició los brazos y murmuró unas palabras dulces en árabe. Lauren habría dado cualquier cosa por saber lo que significaban, y se quedó sin aire cuando él le puso una mano en el estómago y se lo acarició.

–Esto es lo más bello que he experimentado en mi vida –dijo él con su voz inmensamente seductora.

Lauren respiró hondo, excitada.

–Apártate, por favor –le rogó–. No puedo respirar.

Zafir la miró con intensidad. Ardía en deseos de

tomarla, pero se refrenó porque parecía cansada y somnolienta.

–Ah, tratar contigo es como intentar parar una tormenta de arena.

–Bueno, no puedo decir que me arrepienta de haberte causado problemas. Si no te los hubiera causado, no estaría...

–¿Embarazada?

–Exacto.

Zafir se dio cuenta de que, por primera vez en mucho tiempo, estaba entusiasmado. Y no solo por el deseo que ardía en sus venas, sino también por un sentimiento distinto, más profundo e intenso.

–¿Tanto quieres a nuestro bebé?

–Sí –contestó ella–. Lo quiero más de lo que haya querido a nadie.

Él asintió, encantado.

–Siento haber sido duro contigo.

Lauren tomó aire y lo soltó lentamente.

–Eso es agua pasada –replicó–. Te perdonaré si tú me perdonas.

–Trato hecho.

–Pero tenemos que hablar sobre nuestro futuro...

Zafir le volvió a acariciar el estómago.

–Cásate conmigo, Lauren.

Lauren se apartó de él, empujada por el asombro.

No lo podía creer. Le acababa de pedir matrimonio. Quería que fuera su esposa. Y, conociéndolo, era obvio que no lo había dicho sin sopesar el asunto detenidamente.

Pero, a pesar de ello, preguntó:

—¿Es una broma?

—No bromearía con algo así. La ira me nubló el juicio, pero ahora lo veo todo con más claridad —contestó.

—¿Por qué te quieres casar conmigo? —preguntó ella—. ¿Para que tu hijo no tenga que pasar por lo que tú pasaste?

Zafir la tomó de la mano.

—Sí, por eso te pido que nos casemos. Pero solo es la chispa que lo ha provocado. Creo que sería bueno para los dos... Y habría llegado antes a esa conclusión si no tuviera una inquietante tendencia a perder todo asomo de racionalidad cuando estamos juntos.

El corazón de Lauren latía con tanta fuerza que pensó que se le iba a salir del pecho. Sabía que Zafir no le ofrecía el matrimonio por amor, pero no le importaba. No necesitaba el amor. Ni siquiera estaba segura de haberlo sentido nunca.

—No sé si me agrada que me asocies a la irracionalidad. Es un halago bastante extraño.

—Pero es un halago.

—¿Y qué pasa con Behraat? Soy una extranjera que no encaja en tu mundo —dijo—. ¿Qué pasará con esas mujeres que están locas por casarse contigo?

Zafir le apretó la mano con afecto.

—Prestas demasiada atención a los rumores de palacio, Lauren. Pensé que ya estabas por encima de esas cosas.

—Ya, pero...

—¿He dicho yo que tuviera intención de casarme con otra?

Lauren sacudió la cabeza.

–La esposa del soberano no puede ser susceptible a los rumores. Hay muchas personas que te querrán presionar para obtener ventajas de lo más diverso. Pero no te preocupes por eso. Te enseñaremos a ser una buena reina.

–No soy un perro al que podáis enseñar –replicó, enfadada–. Y no puedo ser la clase de mujer que Behraat necesita.

Él le puso las manos en los hombros y la miró a los ojos.

–Tu vida cambiará en muchos sentidos, pero estoy seguro de que sabrás afrontar los cambios –dijo–. Te necesito, Lauren. Más que a nada en el mundo.

Todos los sentimientos que Lauren había reprimido volvieron a la superficie y la dominaron por completo. Zafir le estaba diciendo que la necesitaba. Y, por la expresión de sus ojos, tuvo la impresión de que ella era la única persona que le podía dar un poco de paz.

Emocionada, lo tomó de la mano y dijo:

–Esto solo funcionará si me prometes una cosa.

Zafir cruzó los dedos para que no le pidiera lo que estaba temiendo: la verdad. No quería tener que mentir otra vez. Estaba harto de mentir; sobre todo, a la mujer que había conseguido sacarlo de la tristeza y convertirlo en algo más que el hijo de Rashid Al Masood y el jefe de Estado de Behraat.

Lauren había conseguido que volviera a soñar.

–Necesito saber que me serás leal, Zafir. Afrontaré lo que sea si me lo prometes.

Zafir suspiró. Era una promesa que podía cumplir sin esfuerzo alguno. No quería a otra mujer. Y, cuando se casaran, tendría Behraat, tendría a su hijo y tendría a Lauren.

Por una vez, tendría todo lo que podía desear.

—No me he acostado con nadie desde que estuve contigo —replicó—. Y no me acostaré con nadie que no seas tú mientras estemos juntos.

Lauren sonrió con calidez. Luego, se puso de puntillas, se aferró a sus hombros y le dio un beso en la mejilla.

—Entonces, me casaré contigo —dijo, sin dejar de sonreír—. E intentaré ser una esposa... interesante.

Zafir rio, se inclinó sobre ella y le dio un beso en el cuello mientras pensaba que Lauren olía a sol, desierto y deseo. Le gustaba tanto que fue incapaz de resistirse a la tentación de apretarse contra ella.

—Supongo que eso no significa que no tienes intención de ser una esposa obediente.

—Si afirmara lo contrario, mentiría. Los dos sabemos que no soy precisamente dócil. Y no quiero que nuestro matrimonio empiece con mentiras.

Zafir la soltó y le dio un beso.

—Buenas noches, Lauren.

—¿Es que te vas? —preguntó, frunciendo el ceño.

—Me prometí a mí mismo que no volverías a sentirte usada por mi culpa. Me mantendré lejos de tu lecho hasta que seas mi esposa.

Zafir se fue sin darle la oportunidad de discutírselo, con una sensación de inquietud.

Tenía motivos para estar contento. Al fin y al cabo, se iba a casar con la mujer que estaba embarazada de él. Pero no estaba contento en absoluto, porque Lauren había aceptado el matrimonio sin conocer sus motivaciones reales: conseguir el apoyo del Consejo y lograr que Behraat volviera a estar unido.

Capítulo 9

LAUREN Hamby se casó con Zafir ibn Rashid Al Masood dos semanas después; dos semanas durante las cuales solo se vieron una vez y por espacio de una hora.

La ceremonia fue tan tradicional como extravagante. Se celebró en el gran salón del palacio de Behraat, ante una nutrida representación de dignatarios extranjeros y otra de miembros del Consejo que hicieron lo posible por disimular su desaprobación delante de sus conciudadanos, que miraban a Lauren con curiosidad.

El suelto vestido turquesa que hábían elegido para ella le quedaba maravillosamente bien, y tenía la ventaja de que ocultaba su embarazo a la perfección.

–¿Qué es eso de que te vas a casar con el rey de Behraat? –le había preguntado su madre cuando la llamó para informarla–. ¿Dónde ha quedado tu desprecio por los ricos y poderosos? No me digas que has cambiado de opinión después de probar el lujo.

–No se trata de eso, mamá –respondió Lauren, en un intento por convencerla a ella y convencerse a sí misma.

–Oh, no... ¿Te vas a casar porque te has quedado embarazada? ¿Has consultado el asunto con un abogado? ¿Firmaréis un acuerdo matrimonial? Tienes que saber qué pasará con tu hijo si os divorciáis y si tiene descendencia con otra. ¿Seguiría siendo el heredero de Behraat? Y, por cierto, ¿cómo lo vais a llamar?

Su madre la sometió a un verdadero interrogatorio, pero no se interesó por sus sentimientos ni por los sentimientos de Zafir. No le preguntó si la trataba bien. No se ofreció a ayudarla. Y, por supuesto, tampoco aceptó la invitación a la boda: los dos estaban tan ocupados con su trabajo que no dieron su brazo a torcer ni después de que Zafir se comprometiera a enviarles su avión privado.

Lauren conocía muy bien a sus padres, así que su disgusto fue relativamente leve; pero se deprimió bastante más durante la hora escasa que estuvo con Zafir antes de la boda.

El hombre que poco después se convertiría en su marido se presentó en compañía de un abogado, quien le explicó que debía firmar un acuerdo matrimonial. El acuerdo contenía detalles como el dinero que iba a recibir, una suma tan generosa que Lauren podría haber vivido tres vidas con ella y por todo lo alto. Pero, en lugar de alegrarse, lo interrumpió con brusquedad y le pidió que se fuera.

Zafir, que se había sentado en una esquina, le preguntó:

—¿Te encuentras bien?

Como ella no dijo nada, él se levantó, se acercó y le acarició la mejilla.

—¿Lauren?

—Discúlpame. Es que estoy harta de esas cosas

–contestó–. He estado hablando con mi madre, y me ha interrogado sobre el acuerdo matrimonial y otros asuntos.

Zafir frunció el ceño.

–¿Qué otros asuntos?

–No sé –dijo, incómoda.

–Venga, suéltalo de una vez.

Lauren se acarició el estómago, buscando tranquilidad en la criatura que crecía en su interior.

–Quería saber qué pasará con nuestro hijo si nos divorciamos y tienes un hijo con otra. Le preocupa que...

–¿Quieres que incluyamos eso en el contrato? –preguntó él con frialdad–. ¿Quieres que hablemos de eso?

Lauren se sintió fatal. El frío y desconfiado Zafir que estaba en ese momento con ella no se parecía nada al hombre cariñoso que le había pedido matrimonio. Sin embargo, no tenía derecho a quejarse. La conversación la había sacado ella.

–Bueno, yo...

Zafir no se apartó de Lauren, pero tampoco la tocó. Y fue castigo suficiente, porque siempre la tocaba, incluso cuando estaba enfadado.

–Si quieres que lo incluyamos, se incluirá –dijo.

Ella suspiró.

–No, eso no es lo que quiero.

–Entonces, ¿qué es?

–Confianza y respeto. Odio tener que pensar en estas cosas.

–Mira, Lauren, no he incluido términos y condiciones adicionales como los que mencionas porque no me caso contigo para divorciarme después. Tengo intención de que nuestro matrimonio dure para siempre –dijo con dureza–. No quiero volver a hablar de este asunto. ¿Entendido?

Los ojos de Lauren se llenaron de lágrimas.

–Entendido. Pero si el Consejo me rechaza y te obliga a casarte con otra...

–Te aceptarán a ti y aceptarán a nuestro hijo. No tendrán elección.

Lauren entendió entonces lo difícil que era la posición de Zafir. Todos los días se enfrentaba a un sinfín de problemas, empujado por su sentimiento de responsabilidad. Ejercía su cargo tan bien como podía, y estaba sistemáticamente solo.

–Tú tampoco querías hablar de eso, ¿verdad? –preguntó él, secándole una lágrima.

Ella sacudió la cabeza.

–No.

–Todo ha sido por la conversación telefónica con tu madre.

Lauren se encogió de hombros, en silencio.

–¿Van a asistir a la boda?

–No.

–¿Por eso estás triste?

–No, ya me lo imaginaba.

Zafir se dio cuenta de que Lauren estaba más dolida por la decisión de sus padres de lo que estaba dispuesta a admitir, así que hizo una broma para quitar importancia al asunto.

–Bueno, olvidémoslo. Habrán sido las hormonas. Según tengo entendido, las embarazas tienen frecuentes cambios de humor.

El intento de Zafir fracasó, y decidió cambiar de estrategia. Quizá fuera mejor que afrontara el problema.

—¿Por qué finges que no te importa, Lauren? ¿Para engañarme a mí? ¿O para engañarte a ti misma?

—No finjo. He dicho la verdad —contestó—. Serán las hormonas... o esa boda en palacio, que me pone susceptible.

—Veamos si lo he entendido. Tu madre se niega a venir a tu boda, pero te mete en la cabeza un montón de tonterías a pesar de saber que estás embarazada.

Ella asintió. Era un buen resumen.

—Sí, algo así. Pero no es culpa suya, Zafir. Siempre ha sido una mujer muy pragmática, por así decirlo.

—Claro que es culpa suya. Y celebro que no venga, porque tendría muchas ocasiones de entristecerte —declaró—. Se ha portado tan mal que no deberías volver a verla en toda tu vida. Hablaré con nuestro embajador para que informe a tus padres de que la invitación ha sido rescindida.

Lauren lo miró con horror.

—¿Cómo? En primer lugar, no puedes rescindir una invitación. Sería un gesto inadmisiblemente arrogante.

—¿Y qué? Soy el soberano de Behraat. Tengo derecho a ser arrogante.

Lauren torció la boca, pero solo para contener la risa. Zafir le hacía reír con suma facilidad, y no quería que la llevara por ese camino. El asunto del que estaban hablando era demasiado serio.

—En segundo lugar, tú no eres quién para decirme que no vuelva a ver a mi madre. Ni a nadie más, por cierto.

–¿Y por qué la quieres ver? Es obvio que no le interesan ni tu bienestar ni tu felicidad. Y no estás en condiciones de soportar tanto estrés. No voy a permitir que te hagan eso.

–Sean como sean, son mis padres, Zafir. Piensa en Rashid, que ni siquiera te dijo que eras hijo suyo hasta que necesitó otro heredero. Pero aquí estás, haciendo lo posible por coser las costuras desgarradas de Behraat.

Lauren pensó que Zafir se enfadaría, y se llevó una sorpresa cuando se quedó súbitamente pensativo y dijo:

–Eso es verdad. Me educaron para servir a mi país. Y reconozco que mi padre no tuvo que hacer gran cosa para convencerme de que aceptara el desafío –dijo–. Me moldeó con sus palabras a lo largo de los años. Era un gran orador, el mejor que he conocido. Yo estudiaba por las mañanas y me formaba con la Guardia Real por las tardes, pero siempre estaba deseando que llegara la noche.

–¿La noche? ¿Por qué?

–Porque mi padre me llamaba a su despacho y me contaba historias de batallas y de guerreros que lo habían dado todo por su nación, por su clan o por la libertad. Imagínatelo... Yo era un niño de ocho años que no tenía familia, y él me hablaba de hombres y mujeres leales que luchaban por una gran familia, por algo mayor y más importante que ellos. Al final, Rashid solo tuvo que convertir el cuento en realidad.

Lauren sintió lástima de aquel niño que solo quería afecto, y una ira intensa por el hombre que lo había transformado en un simple instrumento al servicio de Behraat.

–Zafir, creyeras lo que creyeras entonces, no estás obligado a...

–Soy lo que soy –la interrumpió, implacable–, y no puedo cambiar lo que me pasó. Pero puedo cambiar tus circunstancias. Te puedo prohibir que hables con tu madre.

–¿Prohibírmelo? –Lauren soltó una carcajada de incredulidad–. No puedes prohibirme nada. De hecho, será mejor que destierres ese verbo del diccionario de nuestro matrimonio. Voy a ser tu esposa, no tu criada.

–¿El diccionario de nuestro matrimonio? –preguntó con humor.

–Sí, ya lo has oído. Nada de prohibir u ordenar.

Él admiró brevemente sus senos y clavó la vista en sus labios.

–¿Y también se pueden añadir palabras? Porque se me ocurren unas cuantas que quiero practicar contigo. Todas las que no he podido practicar desde que me fui de Nueva York.

Lauren rompió a reír.

–Hablaba en sentido metafórico, Zafir. No es un diccionario de verdad.

–Entonces, ¿qué contiene?

–Risas.

Lauren se estremeció al sentir sus senos contra el pecho de Zafir. Se había apretado contra ella sin que se diera cuenta.

–Me gusta cómo suena, *habibti*.

–Y también contiene afecto y respeto.

Él asintió, le puso una mano en la nuca y bajó la cabeza como si estuviera a punto de besarla.

–¿Y rendición?

–No, aquí no hay rendiciones. Hay calidez, cariño, amistad.

Zafir le frotó la nariz.

–¿Y seducción?

–Por supuesto.

–Definitivamente, me encanta.

Zafir no esperó más. Asaltó su boca con pasión, y ella respondió del mismo modo. Ya no se resistía. Estaba hechizada por sus palabras, su sonrisa, su contacto, la promesa de una vida de felicidad y el hambre inexorable del deseo.

Nunca había sido tan dichosa.

–Solo falta una semana para la boda –dijo él cuando por fin se separaron–. Y si te vuelves a deprimir por no hacerme caso, te prometo que meteré a tu madre en la cárcel.

Lauren protestó, y Zafir acalló sus protestas con otro beso.

Luego, se despidió de ella y se fue.

Lauren solo había tenido una relación amorosa relativamente seria antes de conocer a Zafir. Por entonces, tenía veintiséis años, y su relación acabó bastante mal. Pero, en cualquier caso, jamás habría imaginado que se casaría y, mucho menos, a lo grande y en mitad de un proceso muy parecido a un cuento de hadas.

Durante los días anteriores, se sintió tan sola como fuera de lugar. Habría dado lo que fuera por estar con Zafir; especialmente, porque la cercanía de la boda había trastocado las rutinas de palacio, y hasta la propia Farrah había reducido sus visitas al mínimo.

Todas las mañanas, su prometido le enviaba un montón de vestidos, joyas y flores. Era algo abrumador. Pero no tenía tiempo libre, porque además de enfrentarse al ejército de empleados que estaban entrando y saliendo constantemente, siempre atentos a sus necesidades, ahora también tenía un secretario personal, Abdul.

El trabajo de Abdul consistía en enseñarle todo lo que debía saber sobre el protocolo y las ceremonias de Behraat. Era experto en comunicación, y la preparó exhaustivamente para que supiera responder a las preguntas de una reportera que le iba a hacer una entrevista, la única que la Casa Real había concedido. Y todo salió bien. O eso creyó entonces; porque, cuando vio el programa, se quedó atónita.

La cadena de televisión había manipulado sus respuestas de tal manera que el resultado final era un cuento favorable a Zafir, aunque nada ajustado a la realidad. Al verlo, los ciudadanos creerían que se habían enamorado en Nueva York durante el exilio de su soberano y que, cuando ella viajó a Behraat, creyéndolo muerto, él se llevó tal alegría que le propuso inmediatamente matrimonio.

Lauren no supo si reír o llorar. Sobre todo, porque la censura la había transformado en un pobre y vulgar ratoncillo que se había enamorado sin saberlo de un león y había ascendido consecuentemente en la escala evolutiva, transformándose en un animal algo más digno, aunque inferior al gran Zafir Al Masood.

Lauren estaba indignada. Sin embargo, la gente creyó el fantástico cuento romántico que le habían contado, y no tuvo más remedio que resignarse a él.

Además, se había comprometido con Zafir, y no lo iba a dejar en la estacada.

Farrah y Huma se presentaron el día de la boda en la suite, minutos antes de que Lauren se dirigiera al gran salón. Y aún se estaban abrazando cuando aparecieron David, Alicia y un par de amigos de Nueva York con los que había trabajado en el hospital.

Alicia le informó de que Zafir los había llamado personalmente para invitarlos a la boda, y ella se emocionó al saberlo. Quizá fuera un hombre dominante. Quizá fuera dictatorial. Pero la había animado cuando estaba deprimida por culpa de su madre y se había tomado la molestia de invitar a sus amigos.

Antes de llegar al salón, se encontró con otro grupo de personas que la estaban esperando, con Salma y Bashir al frente. Lauren se dio cuenta de que eran los beduinos, y Ahmed, que no se separaba de ella, le explicó con una sonrisa que habían viajado a la ciudad para asistir a la ceremonia y desearle felicidad en su matrimonio.

Entre las prisas de Farrah, preocupada ante la posibilidad de que llegaran tarde y las palabras de Alicia, que le susurró comentarios picantes sobre Ahmed y los hombres de Behraat en general, Lauren se sintió cualquier cosa menos sola. Pero, si no hubiera sido así, se habría sentido igualmente querida. Y todo, gracias a un hombre arrebatador cuya mirada la volvía loca.

Cuando por fin pronunció los votos que tanto había practicado, Zafir movió la cabeza hacia el pequeño grupo que estaba en un lateral y preguntó:

—¿Son fans tuyos?

Ella admiró sus duros rasgos antes de contestar.

—Sí, son mi tribu —dijo.

Minutos después, se convirtieron en marido y mujer a ojos del pueblo y la aristocracia de Behraat. Y enseguida, la arrastraron a una fiesta aún más extravagante que la propia ceremonia nupcial.

Tras dos horas de comer, tomar copas y hablar con dignatarios de todo el mundo, su sonrisa empezó a flaquear y sus hombros, a hundirse. Estaba agotada, y sus zapatos de tacón alto la estaban matando. Pero Zafir se dio cuenta de lo que pasaba, y se plantó a su lado tan deprisa que ella se sintió profundamente agradecida.

—Será mejor que te acuestes —le dijo, mirándola con deseo.

—Lo siento —replicó ella—. Ha sido un día muy largo, y...

Él le puso un dedo en los labios e hizo un gesto a uno de sus empleados.

—No te disculpes. Nos veremos esta noche. Llegaré algo tarde, pero llegaré.

Lauren asintió y se fue escoltada por uno de los funcionarios que siempre la acompañaban a todas partes. Pero esta vez no le importó. Necesitaba escapar de sí misma y, sobre todo, del hombre que había dejado una huella indeleble en su alma.

Capítulo 10

Y**A ERA** de noche cuando Zafir se despidió de los invitados nacionales y extranjeros y llegó al oasis. Se alegraba de haberle dicho a Lauren que se marchara, porque las negociaciones con los jefes tribales habían sido largas y difíciles. Estaba ansioso por cerrar un acuerdo con ellos y llevar la paz a su país.

Daba por sentado que su esposa se habría quedado dormida y, como no quería despertarla, pidió al piloto del helicóptero que aterrizara a un par de kilómetros del campamento. Pero agradeció el paseo bajo el cielo nocturno.

Había triunfado. Por primera vez en su vida, se sentía un Al Masood de verdad, como los guerreros de las historias que le contaba su padre. Había asegurado su trono y la vuelta al progreso. Firmaría nuevos tratados comerciales, retomaría la extracción de crudo en los territorios de los clanes y cerraría la brecha social de Behraat.

Ningún huérfano ascendido al poder habría podido hacer más.

Y ahora, su premio lo estaba esperando en una jaima separada del resto del campamento, a la que se accedía por un sendero flanqueado de farolillos.

Nunca se había sentido más cerca de aquel cielo estrellado, de la brisa que acariciaba las arenas y del duro e implacable desierto. Nunca se había sentido más hijo de aquella tierra. Pero era su noche de bodas, y esa noche pertenecía a la apasionante mujer que esperaba en una jaima, su esposa.

Zafir inclinó la cabeza a modo de saludo al pasar por delante de Ahmed y del guardia que lo acompañaba. Lauren no los quería cerca, pero él había insistido porque todavía no estaban fuera de peligro.

Cuando entró en la jaima y la vio, la deseó con todas sus fuerzas. Tal como imaginaba, se había quedado dormida. Estaba de lado, en la cama. Se había tumbado sin quitarse el vestido de novia, y la falda se le había subido un poco, lo justo para que se vieran sus morenas pantorrillas. Además, su posición lateral enfatizaba el tamaño de sus senos, ya bastante evidente por el corpiño.

Excitado, se quitó la túnica; aunque se dejó puestos los pantalones.

Como no la quería asustar, se acercó a la cama lentamente y se echó a su lado del mismo modo. Ella susurró algo en sueños y se apretó contra él, aumentando su erección. Olía a rosas. Olía a paraíso sensual.

Zafir la acarició y se dijo que había olvidado lo frágil que era Lauren. Bajo su carácter independiente y su fachada de dureza había un cuerpo suave y delicado, que le hacía sentirse un animal salvaje en comparación.

Se acordó de la primera vez que había ido a su

apartamento y de lo insegura que se sentía entonces, aunque fue tan activa como él. Y ahora le parecía aún más delicada y mucho más hermosa.

Ahora era suya.

Llevaba su anillo en el dedo y su hijo en el vientre.

Era suya en todos los sentidos posibles.

Era suya, y nadie se la iba a quitar.

Lauren se despertó al oír a Zafir, aunque tardó unos segundos en recordar dónde estaba y qué noche era.

Su esposo se debía de haber dado un baño en la laguna, porque no llevaba más prenda que una toalla alrededor de la cintura. Y estaba verdaderamente imponente. Varias gotas de agua resbalaban por su ancho y musculoso pecho, cuya visión la excitó. Parecía un guerrero de uno de esos cuentos de los que le había hablado.

—¿Zafir?

Él clavó la vista en sus labios.

—¿Te he despertado?

—No, llevo despierta un rato. ¿Cuándo has vuelto?

—Hace una hora, más o menos. Entré en la jaima, pero estabas dormida —contestó—. Falta poco para que amanezca.

—¿Y te has bañado en mitad de la noche? ¡La laguna estará helada!

—Bueno, digamos que necesitaba refrescarme un poco.

Ella intentó sonreír, aunque sin mucho éxito. El ambiente estaba cargado de tensión sexual y, por algún motivo, se sentía como si fueran a hacer el amor por primera vez.

–¿Ha ido todo bien?

–¿A qué te refieres? –preguntó Zafir.

–A tu reunión.

–¿Cómo sabes que tenía una reunión?

–Ahmed me dijo que habías convocado una reunión de miembros del Consejo y jefes de clanes. Comentó que nadie los había reunido antes, y que apro-
vechaste la boda porque los jefes no querían ir a la
ciudad ni poner un pie en palacio –contestó–. ¿Es
cierto?

–Sí, lo es. Y ya no pondrán en duda mi reinado.

–¡Eso es fantástico! –dijo–. En opinión de Ahmed...

–Ahmed, Ahmed –la interrumpió–. Se ha corrido
el rumor de que está enamorado de ti. Quizá sea mejor que le encargue un trabajo más duro, uno donde
no se dedique a charlar con mi preciosa esposa y a
hacer conjeturas sobre asuntos de Estado.

–No, por favor, no hagas eso –le rogó–. Lo suyo es
tan inocuo como puramente platónico. Nada que yo
no pueda manejar.

Él la miró con intensidad, y ella se ruborizó.

–Además, Ahmed me cae bien. Es joven y agradable.

–No debes entablar amistad con los guardias, Lauren.

En otras circunstancias, Lauren habría llegado a la
conclusión de que Zafir estaba celoso. Pero desestimó
la idea porque, de lo contrario, se habría tenido que
interrogar sobre la profundidad de los sentimientos de
su esposo y sobre lo que ella misma quería que sintiera.

–¿Por qué no? Ese joven es más perceptivo y tiene menos prejuicios que determinados miembros de tu Gobierno –dijo, refiriéndose a Arif–. Pero dejemos ese asunto para otro momento. Háblame de la reunión.

–No es necesario que te preocupes por esas cosas.

–Puede que no, pero me interesa. No quiero que me protejas de la verdad.

–Ahora soy tu esposo, y estoy obligado a protegerte, *habibti*. A protegerte de cualquiera, desde los viejos del consejo hasta tu madre, pasando por ti misma.

Lauren hizo caso omiso de su comentario.

–¿Por qué han venido a la boda? ¿Para expresar su desaprobación?

–Ni mucho menos. Los dahab están encantados contigo, y el resto de los clanes siguen su ejemplo. –Zafir sacudió la cabeza–. Pero preferiría que cambiáramos de tema. Llevo todo el día hablando de política, y estoy cansado.

Ella asintió.

–De acuerdo.

Súbitamente, él se acercó y le puso las manos en la cintura.

–Hoy estás muy obediente. ¿Por qué?

–No estoy obediente, sino comprensiva –puntualizó–. Además, estoy aprendiendo a elegir mis batallas.

Zafir le acarició los brazos y susurró contra su cara:

–¿Seguro que has descansado lo suficiente?

–Sí. Me quedé dormida en cuanto llegué.

–Bueno, te prometo que seré cuidadoso.

–No hace falta que...

Lauren iba a decir que no necesitaba ser cuidadoso, que adoraba su forma de ser y que, de hecho, le gustaban tanto su ternura y su pasión como los aspectos más duros y bruscos de su personalidad. Iba a decir que le encantaba el hombre que odiaba a su padre y lo amaba al mismo tiempo. Iba a decir que admiraba al hombre que había sido capaz de renunciar a su vida por el bien de su país. Iba a decir muchas cosas.

Pero no llegó a decir ninguna, porque Zafir la besó en los labios. Y Lauren se alegró perversamente de que la besara, porque rendirse al deseo era más fácil y más satisfactorio que pensar en su nueva vida.

Capítulo 11

LA CÁLIDA, dulce y experta boca de Zafir era un sueño hecho realidad. Su erótico sabor sacudió los cimientos emocionales de Lauren y borró cualquier resto de ansiedad con la fuerza de un terremoto.

El interior de la jaima estaba poco iluminado, pero ella se sintió como en mitad de un estallido de color y sensaciones. La fragancia del desierto y de la virilidad de Zafir se combinaron en un cóctel que bebió hasta hartarse, con los senos maravillosamente apretados contra su pecho y los brazos alrededor de su cuello.

Su cuerpo estaba encantado con él. Lo conocía. Conocía su boca, los movimientos de su lengua, los suaves mordiscos en los labios, su forma de gemir, el hambre y la pasión que generalmente ocultaba bajo una fachada dura y solitaria.

Al cabo de un rato, Zafir la miró con dulzura y dijo:

—¿Qué estás pensando?

—Que, si tuviera poderes mentales, haría que la toalla se te cayera.

Él sonrió.

—Si ese es tu deseo, así será.

Zafir se quitó la toalla.

–Oh...

Lauren se estremeció al contemplar su liso abdomen, sus estrechas caderas, sus duras piernas y su ancha y venosa erección, que tanto placer le podía dar. Excitada, se acarició el estómago como si así pudiera calmar el hambre que ardía en ella, como si aún tuviera la posibilidad de controlarse.

Y no la tenía.

El soberano de Behraat se había quedado fuera de la jaima. El hombre que estaba allí era Zafir, su esposo, su amante.

–Eres mío –dijo ella–. Todo mío.

Zafir llevó las manos a sus piernas y ascendió hasta sus muslos, levantándole el vestido. Era un depredador a punto de reclamar su presa.

–Siempre has tenido una boca muy grande –declaró él, bromeando–. Si no recuerdo mal, es lo que te ha metido en este lío.

Mientras hablaba, Zafir subió lentamente una mano, excitándola más. Y Lauren, que se quedó sin aliento, tuvo que hacer un esfuerzo para decir:

–¿Insinúas que esto es culpa mía?

Zafir no respondió. Se limitó a quitarle las braguitas con un movimiento suave y a subirle el vestido por encima de la cintura.

–Eres absolutamente preciosa.

Lauren se estremeció una vez más. No era una mujer sin experiencia. Ya la tenía cuando se conocieron en Nueva York. Pero ninguna de sus experiencias sexuales anteriores la había preparado para aquella fiesta de pasión arrebatadora, que le llegaba al alma. Zafir le había dejado una huella indeleble y le había robado parte de su ser sin promesas de ninguna clase, sin salir antes con él y casi sin conocerlo.

No era extraño que lo hubiera seguido al fin del mundo.

–Zafir, por favor...

Zafir llevó una mano a su sexo y se lo empezó a frotar.

Lauren gimió, encantada.

–Estás tan húmeda que no sé si podré contenerme.

Él lo dijo como si la considerara culpable de su falta de control, como si perdiera el dominio de su cuerpo cuando caía bajo su hechizo.

Y entonces, le metió sus largos dedos.

Un millón de terminaciones nerviosas se activaron de repente, avivando el fuego que ardía en el interior de Lauren. Zafir jugueteaba con ella, acariciando insistentemente su clítoris y haciendo que se retorciera de placer. Pero unos momentos más tarde, cuando ya notaba la proximidad del orgasmo, él la dejó de tocar.

Lauren gritó, tan cerca del paraíso y tan lejos a la vez.

–No puedo esperar más –dijo con voz ronca, casi pidiendo disculpas–. Lo he intentado, pero no puedo.

Él la penetró con una acometida firme y rápida. Lauren cerró los puños sobre la sábana y se intentó relajar, rindiéndose a la invasión de su ardiente y suave sexo. Zafir era un hombre bien dotado y, por muchas veces que hubieran hecho el amor, siempre se sorprendía al sentir su tamaño.

–¿Estás bien?

–Sí –contestó ella, ansiosa.

Zafir se empezó a mover, pero de un modo desesperadamente lento, haciéndole sentir cada milímetro de su sexo. Ella se arqueó, instándolo a acelerar el ritmo y la intensidad; pero no lo consiguió y, tras unos instantes de duda, se dio cuenta de lo que pasaba.

Se estaba refrenando.

Aquel hombre fuerte y poderoso que regía los destinos de un país se estaba refrenando por miedo a hacerle daño.

–No soy de cristal. No me voy a romper.

Él la miró con hambre, aunque sin cambiar de actitud.

–Estoy embarazada, no inválida –insistió Lauren.

–Lo sé –dijo–. Pero, ¿sabes lo frágil que pareces entre mis manos?

Ella le acarició la espalda con las uñas.

–Protégeme del mundo si quieres, pero no me protejas de ti. Nunca de ti, Zafir –replicó ella, sin dejar de tentarlo–. Porque te juro que, si me sigues tratando así, el nuestro será el matrimonio más corto de la historia de Behraat.

Él la besó apasionadamente y susurró contra sus labios:

–Has amenazado a tu marido y has insinuado que estás dispuesta a abandonarlo. Tendré que darte una lección.

–Pero que sea dura –dijo ella, lamiéndole un hombro.

Esta vez, Zafir no se contuvo. Fue el hombre que había sido siempre, y sus furiosas acometidas la excitaron más y más, hasta que la realidad desapareció y solo quedaron ellos y su espiral de placer.

Lauren gritó al llegar al clímax y, poco después,

Zafir se estremeció y soltó un largo y poderoso gemido.

Zafir miró a Lauren, tan jadeante como ella. Su
frente estaba cubierta de sudor, y su cuerpo temblaba
como una hoja. En algún momento, le había roto el
vestido sin darse cuenta, y una de las capas de encaje
se había desprendido del satén.

Suspiró, se levantó de la cama y alcanzó un paño,
que mojó en la jofaina. Luego, regresó con su esposa
y la empezó a limpiar. Ella se estremeció al sentir el
contacto, y él se asustó.

–¿Te encuentras bien? Dijiste que no te haría daño...

–Sí, claro que estoy bien. Es que me da un poco de
vergüenza que me limpies.

Él se sintió enormemente aliviado. Era la primera
vez que se quedaba con ella después de hacer el amor.
De hecho, solo se había quedado una noche en su
apartamento neoyorquino, y solo porque Lauren estaba con la gripe. Pero tenía una buena razón para marcharse; una razón que, por suerte, había desaparecido:
sabía que tendría que volver a su país, y no quería que
se acostumbraran el uno al otro.

Sin embargo, las cosas habían cambiado. Y no solo
porque ahora fueran marido y mujer, sino porque
Lauren le había enseñado que podía ser rey de Behraat sin renunciar a su libertad ni dejar de ser quien
era.

–Estás sonriendo –dijo ella, que también sonreía.

A él se le hizo un nudo en la garganta. Supuso que
era uno de esos momentos perfectos que se daban de

cuando en cuando, según decía la gente. Pero no podía estar seguro, porque él había tenido muy pocos.

–Quiero estar presente cuando des a luz. Quiero ver a mi hijo cuando llegue al mundo, y hasta cortar el cordón umbilical.

–¿En serio?

–En serio –contestó él, sin dejar de sonreír.

Cuando terminó de limpiarla, Zafir se levantó otra vez y se aseó. Al cabo de unos momentos, notó que ella lo estaba mirando y se dio la vuelta. Lauren seguía vestida, y él se preguntó cómo era posible que no la hubiera desnudado. Tenía intención de tomarse las cosas con calma y saborear lo que quedaba de noche; pero, en cuanto la tocó, perdió el control y se olvidó de lo demás.

Volvió a la cama y la tapó con una manta, porque la noche en el desierto podía ser muy fría. Luego, le acarició la parte superior de los senos y dijo:

–Soy un estúpido, *habibti*.

–¿Por qué dices eso?

–Porque no he prestado atención a tus gloriosos pechos.

Ella le acarició el pelo.

–Eso es cierto.

Lauren pasó sus dedos por la frente, la nariz y los labios de su marido antes de posarlas en sus hombros.

–¿Zafir?

–¿Sí?

Ella dudó, y él se sintió inseguro de inmediato. Pero, ¿por qué? ¿Por miedo a lo que fuera a decir? Ni siquiera lo sabía. Lauren había conquistado su corazón, y tenía tanto poder sobre él que le asustaba la idea de haber hecho algo que le pudiera molestar.

–¿Qué ocurre? –insistió.

Lauren se dio cuenta de que Zafir estaba mirando sus labios con deseo, y dijo:

–Anda, concéntrate un poco.

–Eres tú la que te tienes que concentrar –declaró con humor–. Ibas a decir algo y has dudado. Lo cual, por cierto, es extraño en ti.

Lauren suspiró.

–Sí, bueno... iba a decir que he estado muy confundida, abrumada por las circunstancias. Y te confieso que, durante las últimas semanas, me he sentido sola en más de una ocasión. Pero, a pesar de ello...

–¿Sí?

–A pesar de ello, haré lo que sea para que nuestro matrimonio funcione. Y no solo por el bebé, sino por ti y por mí.

Zafir no supo qué decir. Él también estaba decidido a hacer lo que fuera necesario por su matrimonio; pero, al oírselo decir con tanta convicción, se emocionó.

Bajó la cabeza y la besó una vez más mientras se repetía las palabras que Lauren había pronunciado, unas palabras que empezaron a echar raíces en sus venas como el orgulloso y robusto árbol que crecía en uno de los patios de palacio.

La expresión de sus ojos, la alegría de su sonrisa y la pasión con la que Lauren lo acariciaba, como si ya no se pudiera refrenar, como si le fuera la vida en ello, acompañaron a Zafir mucho tiempo después de que se quedara dormida y él se levantara de la cama para contemplar los rojos y los azules del amanecer.

Durante los cuatro días de la luna de miel, Zafir no

dejó de pensar en las palabras de su esposa. No eran para tanto, pero se sentía culpable porque no creía haber hecho nada para merecer el compromiso, la confianza y el afecto de aquella mujer. De hecho, nada de lo que había conseguido a lo largo de su vida le parecía tan importante como ese par de frases aparentemente inocentes.

Y se sintió pequeño en comparación.

Pero era lo que siempre había querido, ¿no? La vida que siempre había soñado.

Capítulo 12

LAUREN y Zafir volvieron a palacio tras cuatro días paradisíacos en el oasis. Todos los días, se levantaban de madrugada y contemplaban el amanecer. Luego, nadaban en la laguna y hacían el amor mientras tomaban dátiles, higos y pasteles. Al caer la noche, se sentaban alrededor de un fuego y se contaban historias de sus tiempos en la universidad.

Zafir solo se ausentó un par de veces y por espacio de unas pocas horas, siempre para hablar con los miembros de algún clan beduino que pasaba por allí. Y, si hubiera sido por ella, se habrían quedado en el oasis para siempre.

Pero la vida real los estaba esperando y, al final, tuvieron que volver.

Lauren regresó a la rutina anterior, con Abdul enseñándole todo lo necesario para ser una reina. A veces, reaccionaba con rebeldía y se ganaba alguna mirada severa del viejo Arif y, a veces, permitía que la moldearan para su nuevo papel. Echaba de menos su antigua vida, pero era consciente de que ahora tenía otras responsabilidades.

Sin embargo, lamentaba no poder practicar su profesión. Habían sido muchos años de aprendizaje, y muchos de prácticas en hospitales y clínicas; demasiados para echarlos a perder a cambio de una existencia cuya mayor complicación era elegir el vestido que se iba a poner o la gala benéfica a la que iba a asistir.

Se sentía como si se estuviera haciendo cada más pequeña y estuviera perdida en el maremoto de la política y las necesidades de Behraat. Incluso rompió a llorar un par de veces, incapaz de contenerse; pero no se quería plantear que fuera una cobarde, así que lo achacó a los desequilibrios hormonales del embarazo. Zafir ya había perdido bastante por servir a su país, y no la iba a perder a ella.

Y así, lentamente, fue recobrando el control de su vida. O por lo menos, el poco control que podía tener.

¿Qué importaba si prefería asistir a actos sociales antes que pasar otra velada en compañía de la esposa de Rashid y de Johara, la viuda de Tariq? Sobre todo, teniendo en cuenta que las dos mujeres estaban tan amargadas que en alguna ocasión estuvieron a punto de acusar a Zafir de ser un asesino.

Lauren sabía que el odio de la antigua reina y la malicia de la joven tenían raíces profundas; al fin y al cabo, Zafir había usurpado el puesto de su hijo y su marido, respectivamente. Pero no se trataba solo de eso. Además, se había casado con una extranjera y, por si eso fuera poco, la había dejado embarazada.

A pesar de ello, Lauren se mostró tan paciente y comprensiva como pudo. Hasta que, un día, la mujer de Rashid empezó a insultar a la madre de Zafir. Entonces, Lauren se levantó, llamó a Ahmed y le ordenó que las acompañara a la salida.

Durante horas, estuvo pensando en la relación que habían tenido los padres de Zafir. El clan de su madre consideraba vergonzoso que una mujer estuviera con un hombre sin estar casados; pero, en lugar de poner fin a esa relación, ella había desafiado las costumbres tradicionales y se había quedado con él.

Evidentemente, estaba muy enamorada.

Tan enamorada como ella, que se habría contentado con estar a solas con él una vez cada dos semanas, como le comentó a Farrah en cierta ocasión. Por desgracia, las obligaciones del cargo se lo impedían, y siempre estaban en cenas y reuniones sociales en las que apenas se podían cruzar un par de palabras. Y, para empeorar las cosas, Zafir trabajaba tanto que siempre volvía a altas horas de la madrugada.

Tres días después de que regresaran a la capital, cenaron con un empresario ruso que quería invertir una cantidad enorme de dinero en Behraat; y como estaba enamorado de Nueva York, Lauren tuvo un papel más activo que de costumbre. Pero el empresario monopolizó su atención casi toda la velada, y hasta el propio Zafir se dio cuenta de que la miraba con intenciones libidinosas.

Aquella noche, Zafir le hizo el amor de un modo especialmente salvaje. Y, al contrario de lo que era habitual en él, se mantuvo callado todo el tiempo. No hubo expresiones cariñosas. No le dijo lo mucho que la necesitaba. Guardó silencio hasta el final, cuando declaró en voz baja:

—No me gusta cómo te mira ese hombre.

Lauren supo que no estaba dudando con ella, y también supo que la había tenido que reclamar de la forma más carnal posible para ser capaz de sacar el tema.

–Lo sé, pero esa inversión es fundamental para Behraat, y no puedes renunciar a ella –replicó con afecto.

–Será mejor que te mantenga lejos de él.

–No, tampoco puedes hacer eso. Sabría que has notado su interés y que te ofende.

–¿Pues qué quieres que haga?

–Nada en absoluto. Finge que no te importa y deja que me mire como quiera hasta que haya firmado ese acuerdo.

Zafir sacudió la cabeza.

–No, no me parece bien.

–Oh, vamos, estamos hablando del bienestar de Behraat. Es la única opción.

–Por lo visto, me he buscado una mujer tan bella e inteligente como comprensiva.

A pesar de las palabras de Zafir, Lauren se quedó con la impresión de que le pasaba algo, y de que iba más allá del asunto del ruso. Pero no sabía qué era, así que lo dejó pasar.

–No te preocupes –dijo, intentando animarlo–. Solo se trata de pasar unas cuantas horas con un cretino arrogante que se cree un gran seductor. No es para tanto.

Poco después, Lauren se dio cuenta de que estaba absoluta y perdidamente enamorada de su esposo. Fue una especie de revelación, y se presentó en mitad de una fiesta sorpresa que había organizado Abdul a petición suya, compinchado con Farrah y un renuente Arif. Estaban presentes Ahmed, Huma y otros miembros de la plantilla que se llevaban particularmente bien con su soberano.

Lauren les pidió que esperaran en la suite, y cruzó los dedos para que Zafir no se mostrara distante cuando llegara. Ya no estaba tan segura de que aquello fuera una buena idea.

–¡Sorpresa! –gritó cuando por fin llegó.

Los vítores que habían practicado se apagaron hasta transformarse en un silencio mortal, porque Zafir los miraba con una seriedad tremenda.

Nerviosa, Lauren avanzó y lo tomó de la mano.

–Me han dicho que me necesitabas con urgencia –dijo él.

–Sí, es verdad, pero me he asegurado de que no interrumpía nada importante.

Lauren se puso de puntillas, le dio un beso en la mejilla y añadió:

–Feliz cumpleaños, Zafir.

Zafir la miró con asombro, la tomó entre sus brazos y pronunció unas palabras en árabe. Segundos después, todos los demás se habían ido.

–¿Cómo consigues eso? –preguntó ella.

–Es fácil. Soy el rey.

–Por Dios, Zafir, solo querían felicitarte –protestó–. Y no sabes lo que ha costado. Organizar una fiesta sorpresa para un hombre que dirige un país no es precisamente...

–Lo sé –la interrumpió, acariciándole el pelo–. Pero quería estar a solas con mi esposa.

Zafir la llevó a la habitación y la posó en la cama con una ternura abrumadora. Luego, llevó las manos al corpiño del vestido y, como no conseguía quitarle la prenda, la desgarró sin más, le desabrochó el sostén y cerró las palmas sobre sus hinchados senos.

–Espera –dijo ella, soltando un gemido.

–No, no voy a esperar–Zafir se inclinó, le mordió dulcemente un pezón y lo succionó–. Te necesito, *habibti*.

Lauren se estremeció de placer, deseando que la tomara. Y entonces, él le quitó las braguitas y la penetró con una larga y suave acometida.

Sus cuerpos se fundieron en un ritmo perfecto, tan bello como animal hasta que Zafir cambió de posición y la puso a horcajadas sobre él. Pero lejos de sentirse incómoda, Lauren siguió adelante hasta que los dos alcanzaron el cielo que buscaban y volvieron a la tierra.

–No lo puedo creer –dijo ella, sudorosa–. No tenías que hacer eso.

Él frunció el ceño.

–¿Insinúas que no debía hacer el amor con mi esposa el día de mi cumpleaños?

–No, en absoluto. Eso iba a ser la guinda de la tarta –respondió–. Solo digo que tenías que haber esperado.

–Ya –dijo, acariciándole los pechos–. Pero, cuando se trata de ti, soy incapaz de esperar.

Ella apartó la mirada y se puso muy seria.

–Hace tiempo que quiero hablar contigo, lejos de la cama –declaró.

–¿Y de qué quieres hablar?

–De lo que te está pasando. Sé que tus responsabilidades son una carga muy pesada, pero de todas formas...

–¿Qué ocurre, Lauren?

–Que casi nunca estamos a solas. Solo nos vemos en las reuniones sociales a las que asistimos, y luego hacemos el amor de madrugada –dijo–. Es muy extraño. Tengo la sensación de que te pasa algo, y necesito saberlo.

Zafir le puso las manos en las mejillas y la miró a los ojos.

–Eres mucho más de lo que esperaba que fueras, querida mía. Pero, por previsible que suene, buscas fantasmas donde no los hay. Es que estoy ocupado. Eso es todo.

–Está bien. Te creo.

Zafir supo que no se había quedado muy convencida, y se maldijo a sí mismo por haber provocado que se sintiera insegura. Evidentemente, Lauren creía que no era feliz con ella. Y se equivocaba. De hecho, era la única persona que lo hacía feliz.

Se apartó de ella, alcanzó la colcha que estaba a los pies de la cama y la tapó.

Lauren lo volvió a mirar con incertidumbre, y él sintió un pánico que no había sentido nunca, ni siquiera cuando pensó que Tariq lo iba a ejecutar.

Tenía miedo de perderla.

–Ahora que lo pienso, tienes razón. He hecho mal al arruinar tu fiesta sorpresa. Pero, si era una fiesta, supongo que habría una tarta, ¿no? –dijo, sonriendo.

La inseguridad de Lauren desapareció al instante.

–Por supuesto que sí. Es de una pastelería de Nueva York.

–Vaya...

–Y de un chocolate tan bueno que puede que te

desmayes cuando la pruebes –continuó–. Abrázate a mí, por si acaso.

Zafir soltó una carcajada.

–Ah, ahora lo entiendo. Lo de la fiesta de cumpleaños era una excusa. Solo querías la tarta de Nueva York.

Ella lo miró con humor.

–Me has pillado. Pero te aseguro que nunca has probado una tarta tan buena.

–Si tú lo dices, será verdad.

Zafir permitió que lo abrumara con las virtudes y maravillas de aquella tarta deliciosa. En ese momento, no podía ser más feliz.

Aquella mujer tenía la habilidad de tranquilizarlo, excitarlo, deprimirlo o animarlo a su antojo. Y no podía hacer nada al respecto. Se había acostumbrado a ella de tal manera que ya no podía vivir sin ella.

Esa era la razón del extraño comportamiento que Lauren había notado. Por eso llegaba siempre a altas horas de la noche. Había encontrado la felicidad. Tenía todo lo que siempre había deseado. Pero le aterraba la posibilidad de perderla, así que mantenía las distancias en un esfuerzo inútil de protegerse.

Mientras Zafir cortaba la tarta, Lauren le cantó el *Feliz cumpleaños*. Luego, ella tomó un pedacito con un dedo y lo llevó a la boca de su esposo, que lo chupó con sensualidad, instintivamente.

Lauren se ruborizó, apartó el dedo, sirvió dos porciones y le pidió que se encargara del café, cosa que hizo.

Cuando probó la delicia neoyorquina, Zafir sonrió de oreja a oreja.

–Dios mío –dijo–. ¿Quién podría competir con esa tarta?

Se acababan de tomar el café cuando sonó el teléfono. Lauren estuvo a punto de protestar, porque Zafir le había prometido una velada sin interrupciones; pero, al ver su expresión, se refrenó.

Era una extraña y desgarradora mezcla de asombro, angustia, alegría, dolor y sentimiento de alivio.

–¿Qué ocurre, Zafir?

–Me acababan de enviar un mensaje para decirme que mi padre ha recuperado la consciencia y quiere hablar conmigo.

Ella se quedó sin habla.

–Seis años. Han pasado seis años desde la última vez que hablé con él, cuando se dirigió al Consejo para nombrarme heredero. Tariq y él discutieron, se gritaron y se amenazaron. Y, cuando mi hermano se fue, le dije a mi padre que lo despreciaba y que habría preferido seguir siendo huérfano.

–Oh, no...

–A la mañana siguiente, lo encontraron tendido en el suelo de su habitación. Habían envenenado su comida.

–Qué horror.

Lauren le pasó los brazos alrededor del cuello y lo cubrió de besos, intentando animarlo. Después, apoyó la cara en su pecho y preguntó:

–¿Estás asustado?

Zafir soltó una carcajada amarga, sin apartarse de ella.

–No, pero me siento tan débil que me gustaría ser otra persona.

–No, Zafir. Eres quien eres, y no lo serías sin el amor y el odio que profesas a ese hombre, sin el valor que demuestras al hacerte cargo de Behraat, de mí, de tu padre, de todos los que están a tu alrededor. Eres quien eres –repitió–, y por eso te quiero tanto.

Él tragó saliva y la miró con asombro.

–Lauren, yo...

–¿Por qué te sorprende tanto lo que he dicho? –preguntó, frunciendo el ceño.

–Es que...

–No, olvídalo, no me lo digas ahora –dijo, intentando sacar fuerzas de flaqueza–. Tu padre te está esperando. Ve con él.

Zafir no volvió aquella noche. Lauren lo estuvo esperando durante horas, pero al final se quedó dormida.

Estaba muy preocupada. Preocupada por Zafir y preocupada por su relación.

Naturalmente, la recuperación del antiguo soberano causó un revuelo tremendo en Behraat. Nadie se molestaba en informarle a ella, pero preguntó a Ahmed y se enteró de que Zafir se veía obligado a mantener reuniones diarias con los miembros del Consejo y los jefes de las cabilas, que también estaban preocupados.

Tras una de esas reuniones, Lauren decidió ir a ver a Rashid. Era consciente de la animosidad que había entre padre e hijo, y pensó que quizá pudiera hacer algo al respecto. Pero los encontró juntos y, cuando Rashid ordenó a Zafir que lo dejara a solas con ella, Zafir se negó rotundamente.

Rashid, que era un hombre tan inteligente como perceptivo, la interrogó sobre su familia y sobre Nueva York. Sin embargo, Lauren no podía decir gran cosa delante de su marido, que los miraba como un halcón.

Dos días después, Zafir fue a verla a la biblioteca, uno de sus lugares preferidos. Llevaba un traje gris, y pidió a sus ayudantes y al omnipresente Arif que esperaran fuera.

—Tengo que viajar a Asia, y no volveré hasta dentro de tres semanas —anunció con tristeza.

Zafir se inclinó sobre ella y la besó delante de los empleados de la biblioteca y del propio Ahmed.

—¿Tres semanas? —dijo.

El disgusto de Lauren fue menor de lo que ella misma habría imaginado. Y lo fue porque estaba cansada de ver las ojeras de su esposo, de preguntarse si se estaba alejando de ella y de sentir una angustia constante.

De hecho, estaba tan harta que se atrevió a preguntar:

—¿Es por mí? ¿Me estás rehuyendo?

Zafir respiró hondo.

—Estoy intentando quitarme los viajes de encima para tener tiempo libre cuando nazca el bebé —contestó—. Hablaremos cuando vuelva. Te lo prometo.

Ella le dio un abrazo apasionado, aunque estaba lejos de sentirse mejor. Lo amaba con toda su alma, y sabía que lo iba a echar de menos.

—Le he dicho a mi padre que te deje en paz durante

mi ausencia. Pero, por si acaso, no permitas que te manipule.

La desconfianza de Zafir estaba plenamente justificada. Rashid la llamó un par de veces, y ella puso excusas para no ir. No tenía miedo del antiguo soberano, sino de perder los papeles y decirle lo que pensaba de él.

Pero su embarazo era lo más importante y, cuando supo que le iban a hacer una ecografía, llamó a Zafir por teléfono. Acabaron discutiendo sobre la conveniencia de conocer el sexo del bebé antes de que naciera, aunque no fue una discusión grave. Zafir acabó muerto de risa, y le dijo que ardía en deseos de verla.

Feliz, Lauren volvió a sus obligaciones. Y, poco después, Ahmed le informó de que Salma estaba en la ciudad y de que quería pasar a visitarla.

Lauren la recibió con los brazos abiertos. Salma había ido con su bebé, y Farrah se quedó con ellas para ejercer de traductora.

Fue una conversación relajada y entretenida. O, por lo menos, lo fue hasta que Farrah repitió algo que Salma acababa de decir, y que dejó perpleja a Lauren.

—No lo entiendo. ¿Qué significa eso de que se alegra de que aceptara el acuerdo?

Farrah pidió explicaciones a Salma y, cuando se las dio, las tradujo.

—Dice que su abuelo, el jefe de los dahab, le hizo una promesa a Zafir. Te estaba muy agradecido por haber cuidado de ella, y se comprometió a unificar los clanes y ayudar a tu esposo con una condición: que se casara contigo. Los dos sabían que el Consejo aceptaría vuestro matrimonio si traía la paz a Behraat.

Lauren se quedó helada. Ahora entendía el súbito cambio de actitud de Zafir. Le había pedido que se casara con ella porque era esencial para sus objetivos políticos. La había utilizado. Como siempre.

Se puso tan nerviosa que apenas podía respirar.

—Baja la cabeza, Lauren —ordenó Farrah—. Échate hacia delante y ponla entre las piernas.

Lauren hizo lo que pedía, aunque no se sintió mejor. Farrah pidió a Salma que las dejara a solas e intentó sacarla de su estado, muy preocupada.

Pero Lauren solo podía pensar en Zafir.

Le había dicho que la necesitaba. La había manipulado para hacerla creer que la quería, y que el suyo no era un simple matrimonio de conveniencia.

Había aprovechado que se sentía culpable por no haberle dicho que estaba embarazada y lo había usado a su favor.

Se había fingido enamorado.

Había fingido todo el tiempo.

Y todo, por Behraat.

Desesperada, pensó que era una estúpida y que lo había sido desde el principio, desde que se conocieron en Nueva York. Una y otra vez, Zafir le había demostrado que Behraat era lo único que le importaba.

Respiró hondo, se levantó a duras penas y le dijo a Farrah que necesitaba tumbarse un rato. Luego, entró en la habitación, cerró la puerta y se dejó caer en la cama.

Ya no lo soportaba más. Estaba cansada de vivir con esa angustia. No soportaba la idea de seguir con un hombre que la usaba como si fuera un objeto. ¿Cómo era posible que hubiera confiado en él? ¿Cómo era posible que se hubiera dejado arrastrar a una fantasía sin ningún sustento real?

La tarde dio paso a la noche, y ella se estremeció al sentir la fresca brisa que entraba por el balcón.

Lauren se cambió de ropa, se lavó la cara y llamó a Abdul para que organizara inmediatamente una reunión con la única persona que la podía ayudar a salir de palacio sin permiso de Zafir y sin preocuparse por las consecuencias: la viuda de Tariq.

Tenía que marcharse antes de que volviera a la ciudad. Porque si no se iba entonces, no se iría nunca.

Si no se iba, viviría el resto de su vida con un hombre que no la amaba, el hombre del que se había enamorado. Se quedaría atrapada hasta el fin de sus días en una trampa que se había buscado ella misma.

Y no estaría sola en su desgracia.

Su hijo también la sufriría.

Zafir miró el reloj, calculó la diferencia horaria y pidió a sus empleados que lo dejaran solo. Después, alcanzó el teléfono, salió a la terraza de la suite y contempló el paisaje nocturno de Pekín. Era una noche fría y húmeda, y habría dado cualquier cosa por estar en Behraat, junto a Lauren.

Cada vez que cerraba los ojos, se acordaba de la cara que había puesto cuando le dijo que se iba de viaje y de la pregunta que le había hecho: «¿Me estás rehuyendo?». Era toda una mujer. Siempre lo estaba desafiando. Siempre lo estaba incitando a ir más lejos y a vivir con más intensidad, como había demostrado al organizarle esa fiesta sorpresa.

El teléfono sonó varias veces y, por fin, Lauren contestó.

–Hola, Zafir –dijo con voz cansada.

A Zafir se le erizó el vello de la nunca. Algo andaba mal. Hasta su *hola* había sonado distante y sombrío.

Su primera reacción fue maldecirse por haberla dejado en Behraat estando embarazada y por haberse enamorado de ella. Ahora estaba atrapado en sus sentimientos. Habría desafiado al mundo entero con tal de estar a su lado. Habría hecho lo imposible por su amor. Lo habría dejado todo.

Un segundo después, oyó otra voz. Era un hombre, que entró en la habitación, dijo algo a Lauren y se fue rápidamente. Zafir supuso que sería Ahmed, pero se quedó preocupado porque sabía que, en circunstancias normales, el guardia no se habría atrevido a entrar en la suite de la reina sin permiso.

–¿Te encuentras bien, Lauren?

–Sí, el bebé y yo estamos bien –respondió–. Es que me estaba durmiendo.

–¿A estas horas? Sueles estar en tu clase de yoga... ¿Te has enfadado conmigo?

Zafir esperó una respuesta que no llegó. Y empezó a sentir pánico. Fue como si las arenas del enorme desierto de Behraat se lo estuvieran tragando. Tenía la sensación de que, después de todo lo que había hecho por el bien del país y de todo lo que se había sacrificado, estaba a punto de quedarse sin nada.

–¿Lauren?

Ella carraspeó.

—Acaba de amanecer, Zafir.

—Eso no es posible. He calculado la hora, y...

—No estoy en Behraat, sino en Nueva York.

Si Lauren le hubiera pegado un puñetazo en la boca del estómago, no se habría quedado más sorprendido.

—¿Y se puede saber qué haces en Nueva York? —acertó a preguntar.

—Me he ido. Os he dejado a ti y a tu amada Behraat.

Él suspiró, aterrado.

—¿Por qué?

—No me digas que no lo sabes.

Curiosamente, la brusquedad de Lauren logró que se tranquilizara un poco. Ahora sonaba como la mujer que conocía, como la mujer que le había devuelto la felicidad y lo había obligado a pensar en sus propios sentimientos por primera vez.

Como la Lauren que amaba.

—Me miraste a los ojos, me tomaste entre tus brazos y me dijiste que te querías casar por el bien del bebé. Pero no era cierto. Querías casarte para fortalecer tu posición en Behraat —dijo con ira—. Me mentiste. Mentiste en todo.

—No, te equivocas. Solo intentaba hacer lo correcto... para ti, para mí, para todo el mundo. No quería que mi hijo pasara por lo que yo había sufrido y, cuando surgió la oportunidad de hacer las cosas bien, me aferré a ella con todas mis fuerzas. Era eso o renunciar al trono y marcharme, eso o renunciar a ti. Pero tú rompiste el círculo vicioso sin ser consciente de ello. Y, por primera vez en mi vida, me di cuenta de que podía tener todo lo que deseaba.

–No me vas a engañar, Zafir. Para ti no hay nada más importante que Behraat.

Zafir se pasó una mano por el pelo.

–No me pidas que sea otra persona, Lauren. No rompas algo bueno por el simple hecho de que te haya ofendido sin pretenderlo. No destroces nuestro matrimonio por el simple hecho de que no encaje en tu concepto del amor –dijo, angustiado–. Además, ¿qué amor sería ese si no asumiera los sacrificios y los momentos bajos de toda relación?

Lauren estaba a punto de llorar, pero se contuvo.

–¿Cómo te atreves a decirme eso? –replicó–. Me he esforzado por sacar adelante nuestro matrimonio. He puesto en él todo lo que tenía. Hasta me convencí de que no importaba que no me quisieras.

–Pues vuelve conmigo.

–No. Siempre estaría dudando de ti. Me preguntaría cuándo me ibas a sacrificar por un bien mayor como otro acuerdo político o una promesa de más poder. Y no lo soportaría. Me mataría poco a poco.

–Si dices eso, es obvio que no me conoces y que tampoco me amas. Quieres un tipo de seguridades que yo no te puedo dar –bramó, enfadado–. ¿Sabes lo que pienso de lo que has dicho? Que solo son palabras vacías, líneas sacadas de un cuento de hadas que no tiene nada que ver con el amor de verdad.

Lauren se quedó sin habla.

–Y pensar que me he torturado noche y día, creyéndome indigno de tu amor... –continuó Zafir con inmensa tristeza, como si llevara todo el peso del mundo sobre los hombros–. He sido un estúpido. Creí que estabas enamorada de mí.

Lauren se quedó mirando el teléfono, incapaz de asumir que Zafir había colgado. Y entonces, rompió a llorar.

Lloró tan fuerte y tan desconsoladamente que David llamó a la puerta para saber si le pasaba algo. Lo había estropeado todo. Y se había metido en un buen lío, porque era consciente de que la conversación que acababan de mantener no iba a ser la última.

Zafir no renunciaría a su hijo. Pero, por paradójico que fuera, se alegró de ello: su amor por ese niño era lo único que podía aliviar su angustia en ese momento.

Capítulo 13

VEINTE horas después de que Zafir cortara bruscamente su conversación, alguien llamó a la puerta. Era un agente inmobiliario, que le dio las llaves de su antiguo apartamento. Y no se presentó solo, sino en compañía de un deprimido Ahmed.

–Su Alteza me ha expulsado del país después de maldecirme a mí y de maldecir a toda mi familia por haber permitido que se fugara –le explicó–. Ahora estoy condenado a cuidar de usted y a vivir en esta ciudad ruidosa y llena de gente. Habría preferido que me matara.

Lauren se sentía tan sola y con tanta necesidad de estar con alguien cercano a Zafir que abrazó al guardia. Ahmed se quedó helado al principio, aunque después le dio una palmadita en la espalda. Su incomodidad era tan evidente que ella rompió a reír entre lágrimas.

–Lo siento, Ahmed.

Con su ayuda, Lauren se mudó al pequeño apartamento. Y cuando le preguntó dónde se iba a alojar, Ahmed respondió que Su Alteza le había alquilado otro piso en la misma planta del edificio.

Ya estaba a punto de hacer una lista con las cosas

que necesitaba cuando se presentó un repartidor con todo tipo de alimentos, desde comida preparada hasta leche y zumos, pasando por gran cantidad de fruta. Y, como no podía echar al repartidor sin volver a hablar con Zafir, aceptó el regalo.

Un mes después, Lauren se sentía como si estuviera en el limbo, esperando a recibir una denuncia por la custodia del niño. Había considerado la posibilidad de volver a su antiguo trabajo, pero no se atrevía a hablar con Alicia porque le habría tenido que decir lo que había pasado, y eso lo habría hecho más dolorosamente real. Sobre todo, teniendo en cuenta que Zafir no la había llamado ni una sola vez.

Era como si se hubiera olvidado de ella.

Hasta Ahmed, que siempre la acompañaba durante sus largos paseos por las calles y parques de Nueva York, se negaba a hablar de su jefe. Y, cuanto más tiempo pasaba, más extrañaba a su esposo y más culpable se sentía. ¿Cómo podía haber sido tan cobarde? Había huido sin darle la oportunidad de hablar con ella en persona, cara a cara.

Sin embargo, aún se intentaba convencer de que había hecho lo correcto. Zafir nunca la querría tanto como quería a Behraat.

Los días se hicieron cada vez más cortos. El invierno se acercaba. Y, con el frío, también se empezó a quebrar la seguridad de Lauren.

¿Se habría enamorado de Zafir si no hubiera sido el hombre que era? La respuesta era sencilla: no. Entonces, ¿qué pretendía? ¿Que dejara de serlo a cambio de su amor, como si se tratara de una transacción comercial?

Definitivamente, eso era cualquier cosa menos amor.

Durante uno de esos días helados y oscuros que Lauren detestaba, aunque jamás lo habría reconocido delante de Ahmed, sus sueños de estar de nuevo en la cálida Behraat se vieron recompensados con la aparición de una limusina que se detuvo delante del edificio.

Al verla, Lauren sintió del deseo de bajar a toda prisa. Pero se refrenó, sacó una botella de agua para intentar calmar sus nervios y esperó a que llamaran a la puerta.

La botella se le cayó de las manos cuando abrió y se encontró delante del alto y carismático Rashid Al Masood, cuyos ojos dorados le recordaron enormemente a Zafir.

—¿Puedo entrar? —preguntó.

Lauren asintió, y Rashid hizo un gesto al hombre que lo acompañaba, quien le dio una carpeta al instante.

Ella sintió pánico.

¿Qué contendría? ¿Los papeles del divorcio? ¿Habría encontrado Zafir una mujer más adecuada a sus exigencias?

No, eso no era posible. Zafir no era de esa clase de hombres. Y, si hubiera tenido que enviar un mensajero, su padre habría sido la última persona a la que habría pedido ese favor, por motivos evidentes.

—¿Necesita asistencia médica, señorita Hamby?

—Ya no soy la señorita Hamby —respondió a la defensiva.

–Me temo que sí. Lo será mientras esté a miles de kilómetros del lugar al que pertenece, el lugar donde está mi hijo –replicó–. He estado seis años en coma, pero veo que las relaciones amorosas no han cambiado mucho. Siguen siendo tan complicadas como eran.

–Mi relación con Zafir no es asunto suyo. Y no le debo ninguna explicación.

–Ah, ahora entiendo que esté tan encaprichado con usted –dijo Rashid, mirándola detenidamente–. Pero eso no explica que le permita estar aquí, en una ciudad tan peligrosa. Además, su presencia podría llamar la atención de la prensa. He intentado recordarle que usted es suya y que le debería ordenar que regresara...

–No soy un objeto. No pertenezco a nadie –lo interrumpió.

–¿Y qué me dice de mi nieto? Espero que sea más responsable en lo tocante a él.

Lauren se puso furiosa, dando por sentado que se refería a los resultados de la ecografía que le habían hecho. Había acordado con Zafir que no preguntaría por el sexo del bebé, pero había roto el acuerdo y se lo había preguntado.

–No tiene derecho a hablarme de esa manera, señor. Y, en cuanto a mi embarazo, no es de su incumbencia. No hablaré sobre eso antes de hablar con Zafir.

–¿Es consciente mi hijo de que lo sabe?

–Insisto en que mi embarazo no es cosa suya –contestó–. Y tampoco lo será el bebé que tenga, porque no permitiré que ni usted ni Zafir lo moldeen a su antojo.

–Habla con mucha rectitud para ser una esposa que

ha abandonado a su marido en secreto y tras pedir ayuda a una amargada que le desea la muerte –replicó Rashid–. ¿Tiene idea del riesgo que corrió al confiar la seguridad de mi nieto a esa mujer? Y, por otra parte, ¿sabe el dolor que ha causado a mi hijo? Va de un lado a otro como un fantasma, convencido de que todo esto es culpa suya.

–Basta, por favor –le rogó, incapaz de escuchar más–. Dígame por qué ha venido. O márchese de una vez.

–Zafir tiene Behraat a sus pies, y se lo ha ganado. Pero no hay alegría ni orgullo en sus ojos –dijo, atravesándola con la mirada–. Ha debilitado a mi hijo. Está destrozado, y no puedo hacer nada por ayudarlo. Pero no voy a permitir que una niña egoísta y mimada que no tiene el menor sentido de la responsabilidad...

–Discúlpeme, pero el mayor daño se lo hizo usted –bramó, pasando al ataque.

Rashid se quedó tan sorprendido que no dijo nada.

–Quizá sea el momento de que deje de exigirle que se sacrifique todo el tiempo por usted y por Behraat. Quizá, si le diera las gracias por una vez en lugar de exprimirlo, su hijo volvería a sonreír. Puede que solo necesite una persona que lo quiera por lo que es, un hombre honorable y bondadoso, un hombre que...

Lauren no terminó la frase. Mientras estaba hablando, cayó en la cuenta de que había estado completamente ciega. Era ella quien no había creído en su relación. En el fondo, estaba esperando que Zafir la abandonara como la habían abandonado sus padres, y había aprovechado la primera oportunidad que había surgido para salir corriendo.

Zafir estaba en lo cierto. Su concepto del amor era una fantasía infantil que no tenía nada que ver con la realidad.

–Es obvio que usted no es la persona adecuada para mi hijo –declaró Rashid–. Si lo fuera, habría entendido que Zafir tiene un destino que cumplir, y habría sabido estar a su lado.

Esta vez fue ella quien guardó silencio.

–Le sugiero que hable con sus abogados y estudie los documentos que he traído. Mi hijo tiene que superar este episodio tan pronto como sea posible. Y, en lo tocante a mi nieto...

–No, no voy a firmar ningún documento. Y si me presiona, le diré a Zafir que ha intentado extorsionarme para que me divorcie de él.

Rashid arqueó una ceja.

–¿Piensa que mi hijo la creerá a usted antes que a mí? Veo que no ha aprendido nada.

–Si su hijo le importa de verdad, si se arrepiente aunque solo sea un poco de haberle negado su afecto durante tantos años, lléveme a Behraat.

Él frunció el ceño.

–Allí no le espera nada bueno –le advirtió–. Zafir no perdona.

–Eso también es asunto mío. Y estoy dispuesta a correr el riesgo.

Lauren llevaba once horas y veinte minutos en la tórrida Behraat cuando por fin volvió a ver a su marido. El vuelo había sido tan largo como agotador, y se llevó un disgusto añadido al llegar a palacio: uno de los empleados de Rashid se le acercó y le dijo que Su Alteza no la podía ver en ese momento, y que tendría que esperar.

Desesperada, tuvo tiempo de comer, de pasear de un lado a otro y hasta de quedarse dormida por el cambio horario. Incluso llegó a pensar que Rashid no había informado a Zafir de su presencia, y que tenía intención de mantenerla encerrada eternamente. De hecho, ni Farrah ni Huma ni el propio Arif parecían saber que estaba en Behraat. El único que lo sabía era Ahmed, quien naturalmente estaba tan preso como ella.

Pero, tras dormir un buen rato, alguien le puso una mano en el hombro y preguntó:

—¿Quieres que llame a Farrah?

Lauren abrió los ojos y se quedó mirando a Zafir, que estaba tan guapo como siempre y mucho más distante que nunca.

—¿Cuánto tiempo llevas aquí? —preguntó ella.

Zafir se encogió de hombros, como si no la considerara digna de una respuesta. Llevaba una camisa de color azul oscuro y unos pantalones negros que fracasaban miserablemente en el intento de darle un aire civilizado porque estaba sin afeitar y se había dejado más largo el pelo, lo cual aumentaba la dureza de sus rasgos. Y, por si eso fuera poco, tenía unas ojeras muy marcadas.

—Zafir, yo...

—Antes de que digas nada, ¿te parece lógico que estés viajando de aquí para allá en tu estado? ¿Quieres que me arrepienta de haber decidido dejarte en paz? ¿Pretendes que te encierre otra vez, para que puedas volver a pensar que soy un monstruo?

Ella se ruborizó.

–Hablé con un médico para estar segura de que podía viajar. Me conoces, y sabes perfectamente que no pondría a nuestro hijo en peligro.

–No, has demostrado que no te conozco, Lauren. Pero dime, ¿quién te ha dejado entrar en palacio? ¿Quién puede meterte aquí sin que se entere ni el viejo Arif? No sé qué me sorprendió más la última vez, si el hecho de que consiguieras escapar o el hecho de que pidieras ayuda a la viuda de Tariq.

Lauren se estremeció.

–Siento haber huido de ese modo. Y siento haber pedido ayuda a esa mujer.

–¿Quién te ha ayudado a volver?

–¿Es que sabías que había vuelto? Entonces, ¿qué haces en la suite?

Él dudó, y ella supo la respuesta de inmediato. Iba a la suite todas las noches, y se quedaba allí, solo, en la oscuridad.

–Responde a mi pregunta, Lauren.

–Tu padre. Fue a verme a Nueva York con los papeles del divorcio. Me dijo que tenía que salir de tu vida, que no iba a permitir que destrozara tu carrera.

Zafir la miró con asombro.

–Y tenía razón –continuó ella–. Por lo menos, en lo tocante a mí... Es cierto que he sido una estúpida egoísta.

–¿De qué diablos estás hablando? ¿Mi padre? ¡Hasta le prohibí que mencionara tu nombre en mi presencia! Le dije que no se acercara a ti bajo ninguna circunstancia –declaró–. Pero espera un momento... ¿Has venido porque mi padre te ha amenazado? ¿Te

ha dicho que yo te lo quiero quitar y le has creído?
¿Después de todo lo que ha pasado entre nosotros?

Lauren se sintió peor que nunca. Sí, había creído a
Rashid. Había supuesto que actuaba en nombre de Zafir y, al hacerlo, había caído en su trampa. Aquel hombre insufriblemente arrogante se había burlado de ella.

–Las amenazas de tu padre no me asustan. Es el
viejo más insoportable que he conocido en toda mi
vida. Pero, aunque cometiera el error de creerlo, jamás habría creído nada malo de ti. ¿Y sabes por qué?
Porque te conozco.

Zafir se apartó de Lauren, deprimido. Su padre
había roto la promesa de no acercarse a ella y había
viajado a Nueva York con la intención evidente de
manipularlos y de convertir al bebé en un arma para
destruir su relación con Lauren.

Tras darle la espalda durante unos segundos, se
giró hacia ella y la miró. Estaba allí. No era un pro-
ducto de su imaginación. Era real. Y llenaba el ambiente con su maravilloso aroma a lavanda.

Pero no volvería a hacerse ilusiones.

No permitiría que le hiciera más daño. No lo
arriesgaría todo, como había hecho su padre. No se
rendiría al deseo de atarla y encerrarla en esa misma
habitación para asegurarse de que no se marcharía
otra vez.

–Si las amenazas de mi padre no te asustaron, ¿qué
estás haciendo aquí?

–Bueno, entonces no sabía que sus amenazas care-
cían de base, pero...

–¿Pero?

–He venido por ti, por nosotros –dijo con voz temblorosa–. He venido porque me he dado cuenta de que fui una cobarde. He venido porque te amo.

Zafir se puso tenso.

–No es la primera vez que dices que me amas. Ya me lo habías dicho antes, y cometí el error de creerte.

Lauren respiró hondo y se secó las lágrimas que habían empezado a brotar en sus ojos.

–Sé que te he hecho mucho daño, Zafir.

Él se pasó una mano por el pelo, pero no dijo nada.

–No sé ni por dónde empezar –prosiguió ella–. Fui yo quien no creyó en nuestra relación. Yo, no tú. Pero ahora me conozco. Creo más en mí misma, y eso hace que entienda mejor tus sentimientos. Te seguí antes de comprender lo que yo quería, y te fallé inevitablemente. Ahora sé lo que quiero, y te seguiría al fin del mundo.

Lauren se acercó a él y le dio un beso tímido en los labios, pero Zafir sintió un placer tan intenso que casi le resultó doloroso; tan intenso que se derrumbó.

Al darse cuenta, Lauren lo besó de forma posesiva, apasionadamente. Lo reclamó para ella. Lo marcó. Lo deshizo y lo volvió a hacer. Y esta vez, Zafir se entregó a ella sin contención alguna, sabiendo que todo iba a salir bien.

–Te amo, Zafir. No tengo palabras para expresar lo que siento... Dime que no te he perdido para siempre. Dímelo, por favor.

Zafir devoró su boca con todo el hambre y la necesidad que había acumulado durante su tiempo de separación. La besó una y otra vez y, cuando se cansó de besarla, la llevó a la cama, la tumbó en ella y le acarició el cabello.

–Eres mi vida, Lauren. Me has devuelto la alegría y la felicidad. Amarte y confiar en nuestro amor es lo más difícil que he hecho nunca, pero me he rendido a ello porque quiero rendirme a ello, porque no podría vivir sin ti.

Ella le pasó los brazos alrededor del cuello y lloró mientras él la abrazaba.

Sin embargo, Zafir no se preocupó al verla en ese estado. Sabía que estaba expulsando el miedo de su interior y que después, cuando viera la luz al final del túnel, él no volvería a permitir que llorara de ese modo, porque no lo podía soportar.

–Te amo, Lauren.

–Y yo a ti.

Lauren se llevó las manos al estómago y añadió:

–Pregunté a los médicos por el sexo del bebé.

–¿Por qué hiciste eso? Acordamos que esperaríamos...

–En realidad, no lo acordamos. Discutimos y tú me ordenaste que no lo preguntara –le recordó–. Pero, ya que no querías saberlo, no te lo diré.

Él la miró con humor.

–¿Quieres matarme de curiosidad?

Ella sonrió.

–Está bien, te lo diré. Pero solo si me prometes que no se lo contarás a tu padre –dijo–. Será mi forma de castigarlo.

–Trato hecho. Y, ya que mencionas a mi padre, déjame añadir que no permitiré que interfiera en nuestra relación ni en la vida de nuestro hijo.

–En ese caso... Es un niño, Zafir –anunció.

–Un niño –repitió él, emocionado.

–Y será tan guapo como su padre. O eso espero.

Zafir le dio un beso en la frente y sonrió de oreja a oreja.

–Te amo, Lauren. Eres mi corazón, mi amante, mi amiga, todo.

–¿Zafir?

–¿Sí?

–¿Harías algo por mí?

–Lo que quieras. Lo que sea.

–Intenta perdonar a tu padre. Fue a verme a Nueva York porque te quiere. Quería saber si soy digna de ti –declaró–. Sabía que cumplirías tu papel como soberano de Behraat en cualquier caso; pero, a pesar de ello, fue a verme. Estaba sinceramente preocupado.

–Mi padre hará lo posible por complicarte la vida. ¿Por qué hablas en su favor?

Lauren le acarició los labios.

–Por ti, Zafir. Perdónalo por ti. Tú padre solo quería ser feliz con tu madre, y buscó esa felicidad de la única forma que pudo.

–Ya lo sé. Me di cuenta hace poco, al pensar en todo esto. Ella eligió esa vida. Nadie la obligó –dijo–. Quiso amarlo y vivir con él de la misma forma, es decir, como podía. Y, en cuanto a las razones de mi padre para no reconocerme... bueno, me ha confesado que lo hizo por miedo a lo que me pudiera pasar. Le asustaba la posibilidad de que me mataran, así que dijo que yo había muerto y lo organizó todo para que Arif me llevara a palacio más tarde.

Lauren lo miró con dulzura.

–Ojalá pudiera borrar tu dolor, Zafir. Pero, por desgracia, solo puedo decirte que te amo.

Él volvió a sonreír.

–¿Y eso te parece poco? Tu amor lo es todo para mí, *habibti*. Cuando estás a mi lado, me siento capaz de luchar contra el mundo entero. Incluido mi padre.

–Pues tienes suerte, porque pienso estar contigo toda mi vida.

Epílogo

KARIM Alexander Al Masood nació cuatro meses después. Era una preciosidad de cabello negro y ojos dorados que dio un susto terrible a su padre cuando este lo tomó en brazos por primera vez y el pequeño rompió a llorar con toda la fuerza de sus pulmones.

Durante el primer mes del pequeño, Zafir intentó cumplir su palabra y pasar tanto tiempo como fuera posible con Lauren y su bebé. Desde luego, los interrumpían con bastante frecuencia, pero Lauren había aprendido a ser paciente.

Seis semanas después de que naciera, Lauren se quitó de encima a la niñera que cuidaba de Karim y se sentó a dar el pecho al niño. Eran alrededor de las cuatro, y tenía la sensación de que iba a ser otra tarde interminablemente larga y solitaria. Pero entonces, apareció Zafir.

–Vaya, había olvidado lo bien que hueles –dijo él, sentándose a su lado.

Cuando Lauren terminó de dar el pecho a Karim, Zafir lo tomó entre sus brazos y lo acunó un rato. Luego, llamaron a la niñera y dejaron que se ocupara de él.

–Tu noche es mía, Lauren –declaró Zafir, levantándola del sofá.

–¿Y qué pasa con el niño?

–No te preocupes por él. Estará cerca, y tiene todo un ejército de cuidadores. Nos lo traerán cuando te necesite.

Sorprendida, Lauren sonrió y se apretó contra su esposo. El lazo que había entre ellos era cada vez más fuerte, y Zafir siempre parecía saber cuándo lo necesitaba.

–Te he echado mucho de menos –le confesó ella con timidez.

Él le acarició la mejilla.

–No te avergüences de echarme de menos. No te avergüences de necesitarme. Yo también te necesito a ti, y te extraño cada segundo.

Lauren le puso las manos en el pecho, encantada.

–¿Y qué piensa hacer Su Alteza con nuestro tiempo libre?

Él le mordisqueó suavemente el lóbulo de la oreja.

–Ya se me ocurrirá algo. La noche es nuestra, y yo soy tuyo –contestó–. Además, es hora de que retomes tus obligaciones como esposa.

Lauren se quedó en silencio, y él ladeó la cabeza y preguntó:

–¿Que te pasa?

–Es que...

–Dímelo, Lauren. Sea lo que sea.

–He cambiado, Zafir. Mi cuerpo ha cambiado, y tengo miedo de que...

Zafir la tomó en brazos y la llevó a la cama sin dejar que terminara la frase.

–Me has dado el niño más guapo y el más feroz de la Tierra, según parece –dijo entre risas–. Me has dado la familia que siempre quise, y hasta has encontrado la forma de unirnos a mi padre y a mí. ¿Tienes idea de cuánto te quiero?

Súbitamente, él sacó algo del bolsillo y se lo dio. Era el brazalete que había visto aquel día en el bazar, cuando la gente la empezó a mirar de forma extraña y se tuvo que ir a toda prisa, por miedo a lo que pudiera pasar.

–¿Cómo lo has sabido? –preguntó, con los ojos llenos de lágrimas–. ¿Cómo es posible que lo hayas encontrado?

–Ahmed me dijo que te había gustado mucho, así que decidí comprártelo. Pero el vendedor es un beduino que viaja constantemente, y localizarlo ha sido difícil.

Zafir le puso el brazalete en la mano, le desabrochó los botones de la blusa sin prisa alguna y le acarició los pechos.

Lauren soltó un gemido de placer, y todas sus dudas desaparecieron cuando vio la mirada hambrienta del hombre al que había elegido como esposo.

Ansiosa, llevó la mano a su entrepierna y se la acarició. Estaba excitado, tan preparado para ella como ella para él.

Lauren dejó entonces que Zafir la llevara a los cielos que tanto añoraba. Y su paraíso particular continuó hasta altas horas de la noche entre momentos de amor, momentos para un niño hambriento, momentos de risas y momentos de abrazos.

Bianca

**La llama de la pasión que en el pasado
les había consumido se reavivó**

Xanthe Carmichael acababa
de descubrir dos cosas: La
primera, que su exmarido podía apropiarse de la mitad de
su negocio. La segunda, que
seguía casada con él.

Al ir a Nueva York a entre-
gar los papeles de divorcio
en mano, Xanthe estaba
preparada para presentarse
sin avisar en la lujosa oficina
de Dane Redmond, el chico
malo convertido en multimi-
llonario, pero no para volver-
se a sentir presa de un irrepri-
mible deseo. ¿Cómo podía
su cuerpo olvidar el dolor que
Dane le había causado?

Pero Dane no firmaba… ¿Por
qué? ¿Se debía a que estaba
decidido a examinar la letra
pequeña de los papeles o a
que quería llevarla de nuevo
a la cama de matrimonio?

SIN OLVIDO

HEIDI RICE

Acepte 2 de nuestras mejores novelas de amor GRATIS

¡Y reciba un regalo sorpresa!

Oferta especial de tiempo limitado

Rellene el cupón y envíelo a

Harlequin Reader Service®
3010 Walden Ave.
P.O. Box 1867
Buffalo, N.Y. 14240-1867

¡Sí! Por favor, envíenme 2 novelas de amor de Harlequin (1 Bianca® y 1 Deseo®) gratis, más el regalo sorpresa. Luego remítanme 4 novelas nuevas todos los meses, las cuales recibiré mucho antes de que aparezcan en librerías, y factúrenme al bajo precio de $3,24 cada una, más $0,25 por envío e impuesto de ventas, si corresponde*. Este es el precio total, y es un ahorro de casi el 20% sobre el precio de portada. ¡Una oferta excelente! Entiendo que el hecho de aceptar estos libros y el regalo no me obliga en forma alguna a la compra de libros adicionales. Y también que puedo devolver cualquier envío y cancelar en cualquier momento. Aún si decido no comprar ningún otro libro de Harlequin, los 2 libros gratis y el regalo sorpresa son míos para siempre.

416 LBN DU7N

Nombre y apellido   (Por favor, letra de molde)

Dirección   Apartamento No.

Ciudad   Estado   Zona postal

Esta oferta se limita a un pedido por hogar y no está disponible para los subscriptores actuales de Deseo® y Bianca®.
*Los términos y precios quedan sujetos a cambios sin aviso previo.
Impuestos de ventas aplican en N.Y.

SPN-03   ©2003 Harlequin Enterprises Limited

Deseo

Un pasado por descubrir
Sarah M. Anderson

C.J. Wesley deseaba a toda costa mantener el anonimato. Si la presentadora de televisión Natalie Baker revelaba que era uno de los herederos Beaumont, la prensa se le echaría encima. Pero entonces, una repentina nevada llevó a la atractiva periodista hasta su casa y a su cama. CJ estaba superando todas las expectativas de Natalie. Aquel hombre era capaz de caldear una cabaña rodeada de nieve.

Si Natalie daba a conocer al más evasivo de los hermanos Beaumont, podría salvar su puesto de trabajo, pero a costa de echar a perder su apasionado romance. ¿Cuál de las dos opciones la conduciría a un final feliz?

Aquel millonario sexy y reservado sabía cómo hacer que la Navidad fuera mágica

Casada por venganza, seducida por placer

Gabriella St Clair estaba desesperada, su familia estaba a punto de declararse en quiebra. Solo un hombre podía ayudarla. Pero era un hombre que estaba deseando verla suplicar….

El millonario sin escrúpulos Vinn Venadicci había tenido un corazón tiempo atrás. Pero, después de conocer a Gabriella, una joven malcriada y heredera de una gran fortuna, enterró sus sentimientos para siempre. Ahora ella había regresado en busca de ayuda. Podía rechazarla o, al fin, vengarse convirtiéndola en su esposa.

BODA CON EL ENEMIGO

MELANIE MILBURNE

2